AF217604

Manfred Kocks

Mordsjob

www.tredition.de

© 2017 Manfred Kocks

Verlag und Druck: tredition GmbH, Halenallee 40-44, 22359 Hamburg

ISBN
Paperback: 978-3-7439-7542-2
Hardcover: 978-3-7439-7543-9
e-Book: 978-3-7439-7544-6

Kapitel 1

Der Tag hatte schon mit einer ersten Überraschung begonnen. Mein alter Jaguar hatte einen platten Hinterreifen. Wie ich schnell feststellte, hatte sich eine Stahlschraube in den Pneu gebohrt. Keine Ahnung, wann und wo das passiert war.

So musste ich zu meinem Missvergnügen die überfüllte U-Bahn zu meinem Büro in der Innenstadt nehmen.

Als ich meinen Anrufbeantworter abhörte, meldete sich eine Mandantin, die bereits mehrmals meine Dienste in Anspruch genommen hatte. Regelmäßig ließ sie sich von mir zu Geschäftsterminen fahren, da sie Nachstellungen ihres Mannes befürchtete, dem bereits wegen häuslicher Gewalt verboten worden war, die eheliche Wohnung noch einmal zu betreten. Sie hatte eine Modeboutique und suchte regelmäßig Lieferanten auf, um Ware zu ordern.

Diesmal bat sie mich, bei einem Termin mit ihrem Mann dabei zu sein. Er wollte vor dem Scheidungsverfahren mit ihrer Zustimmung einige persönliche Sachen aus ihrer Wohnung holen.

Nachdem ich telefonisch den Termin bestätigt hatte, schrieb ich auf dem PC zwei Rechnungen für Observierungsaufträge und druckte sie aus. Ich machte mir einen Kaffee und schlug die Tageszeitung auf. Als ich schließlich bei den Todesanzeigen angekommen war, wurde mir einmal mehr bewusst, wie oft Leben und Tod am seidenen Faden hängen. Eine entscheidende Rolle spielten dabei Glück oder Pech. Bekanntermaßen sterben ja keineswegs nur alte oder kranke Leute. Unglücksfälle treffen auch junge und kerngesunde Menschen. Wie oft ist es zum Beispiel vorgekommen, dass ein Glückspilz seinen gebuchten Flug in einer anschließend abgestürzten Maschine verpasst hat.

Mit meinen 45 Jahren konnte ich normalerweise auf eine noch lange Lebenserwartung hoffen, aber Todesfälle von Altersgenossen gab es auch, wie ich schwarz auf weiß lesen musste.

Nun konnte ich nicht gerade stolz darauf sein, was ich aus meinem Leben bisher gemacht hatte. Nach einem Jurastudium ohne zweites Staatsexamen und ein paar Semestern Psychologie verdiente ich meinen Lebensunterhalt mit „diskreten Ermittlungen, Observationen und Personenschutz", wie es bei meinem Eintrag im Branchenadressbuch hieß.

Als Qualifikation zum Bodyguard konnte ich nur auf meine – allerdings schon mehr als 20 Jahre zurückliegende – Judoerfahrung verweisen, wobei ich bei regionalen Wettkämpfen nicht einmal so schlecht abgeschnitten hatte. Fit war ich allerdings immer noch. Wenig Alkohol, keine Zigaretten und regelmäßiges Joggen sorgten dafür. Auch das dritte Laster spielte in meinem Leben nur eine untergeordnete Rolle. Bei meinen gelegentlichen Affären hatte ich noch nie den Wunsch verspürt, mich fest zu binden. Im Übrigen reichte das, was ich verdiente, gerade mal für meine Bedürfnisse und das nicht einmal sehr regelmäßig.

Immerhin lag mein – wenn auch winziges – Büro in einem eleganten Geschäftshaus in der Düsseldorfer City. Aus der 8. Etage hatte man eine schöne Aussicht auf die Innenstadt, und der Aufzug tat erstaunlicherweise immer das, was er sollte: er funktionierte stets völlig störungsfrei.

Zu diesem Tag passte dann auch, dass ich mit einem Problem konfrontiert wurde, welches mein Leben von jetzt auf gleich auf den Kopf zu stellen drohte.

Als mein Problem an der Türe klingelte und ich aufdrückte, war meine Überraschung etwa so groß, wie wenn mir als Kind zu Ostern tatsächlich der leibhaftige Osterhase erschienen wäre. Dieser Osterhase war eine rothaarige, äußerst elegante Dame. Diese unterschied sich von meiner gewöhnlichen Kundschaft wie ein Paradiesvogel von einer Großstadttaube. Womit ich nicht sagen will, dass ich meine Alltagsmandanten etwa für so lästig wie die „Ratten der Lüfte" hielt. Ganz im Gegenteil: je mehr desto besser. Schließlich sorgten sie dafür, dass ich pünktlich meine Miete bezahlen konnte. Aber diese Dame war nun wirklich eine exotische Erscheinung. Sie war groß, schlank, sehr gepflegt mit grün-grauen Augen und viel Charisma. Sie war keine Poster-Schönheit, aber sie hatte ein Gesicht wie eine klassische griechische Statue. Dazu passten auch ihr Auftreten und ihre Stimme mit deutlich ironischem Unterton.

»Sie sind also der berühmte Julian Harper!«

»Ja, wie Sie auf dem Türschild lesen konnten. Und mit wem habe ich das Vergnügen?«

»Meinen Namen möchte ich vorerst für mich behalten. Der Grund wird Ihnen sofort einleuchten, wenn Sie mein Anliegen kennen. Sollten Sie meinen Auftrag annehmen, werden Sie selbstverständlich alles über mich erfahren.«

Inzwischen hatte sie in dem Besuchersessel Platz genommen und dabei ihre langen Beine graziös übereinandergeschlagen.

»Das klingt ja mehr als geheimnisvoll. Aber Sie können beruhigt sein. Diskretion ist mein Geschäftsprinzip. Informationen und Ermittlungsergebnisse gebe ich nur an den Auftraggeber weiter. Das gilt insbesondere für kompromittierende Unterlagen über Fehltritte von Ehepartnern.«

Sie machte eine abwehrende Handbewegung.

»Vergessen Sie mal Ihren täglichen Kleinkram. Damit wir jetzt ernsthaft zur Sache kommen können, will ich Ihnen verraten, dass die Höhe des Honorars, das ich Ihnen anbieten will, Ihnen eine sorgenfreie Zukunft ermöglichen kann.«

Wie soll man auf eine derart spektakuläre Eröffnung reagieren? Nachdem ich die erste Verblüffung überwunden hatte, fiel mir nur die banale Frage ein:

»Und wieso glauben Sie, dass ausgerechnet ich der Richtige bin für einen so lukrativen Auftrag?«

»Weil ich mich erst nach sehr gründlichen Recherchen für Sie entschieden habe.«

»Und wie sind Sie denn überhaupt auf mich aufmerksam geworden?«

»Durch einen Zeitungsbericht von vor einem halben Jahr über einen von Ihnen verhinderten Straßenraub, bei welchem Sie den Täter überwältigen konnten. Aufgrund dessen habe ich mich intensiver für Ihre Lebensumstände interessiert.«

Ich erinnerte mich gut an den Vorfall. Es war allerdings wirklich keine große Sache. Ein junger Asylbewerber aus dem Irak hatte versucht, einer alten Dame die Handtasche zu entreißen. Ich konnte ihn festhalten und der Polizei übergeben.

Sie fuhr fort und urteilte dabei einigermaßen unverschämt über meine persönliche und berufliche Situation.

»Ich weiß, dass Sie keine Familie haben und sich mit Ihrem Job so gerade über Wasser halten können. Sie sind jetzt in einem Alter, in welchem ein Mann normalerweise eine Position erreicht haben will, die in finanzieller und gesellschaftlicher Hinsicht seinen Wünschen entspricht. Und das – verzeihen Sie – ist in Ihrem Fall wohl nicht zu konstatieren. Deprimierend ist sicher auch, dass eine positivere Zukunftsperspektive zu fehlen scheint. Genau diese biete ich Ihnen!«

Ziemlich verärgert über ihre unverschämte Arroganz und die beleidigend geringschätzige Beurteilung meiner persönlichen und beruflichen Lebensumstände musste ich ihr wohl deutlich klarmachen, dass ich nicht ihr Hampelmann war.

»Sie kommen hier reingeschneit und haben nichts Besseres zu tun, als mich sofort nach Strich und Faden zu beleidigen. Jemanden, den Sie überhaupt nicht kennen und über den Sie nichts wissen. Über Ihre sogenannten Recherchen kann ich doch nur lachen. Ich kann Ihnen versichern, dass ich sowohl mit meinem Leben als auch mit meinem Beruf total zufrieden bin. Wenn Sie mich für eine derartige Niete halten, frage ich mich, weshalb Sie dann ausgerechnet zu mir kommen. Wenn Sie von einem solchen Versager Hilfe erwarten und ihn dafür auch äußerst großzügig entlohnen wollen, sollten Sie sich dringend mal auf Ihren Geisteszustand untersuchen lassen.«

Damit hatte ich sie aus dem Konzept gebracht. Sie räusperte sich und sah mich mit einem Anflug von Betroffenheit an.

»Ich muss Sie wirklich für meinen unhöflichen Auftritt um Entschuldigung bitten. Es ist sonst wirklich nicht meine Art, so arrogant mit meinen Mitmenschen umzugehen und sofort mit der Tür ins Haus zu fallen. Verzeihen Sie mir bitte. Zu meiner Entschuldigung kann ich nur anführen, dass die Angelegenheit, bei der ich Ihre Hilfe brauche, mich schrecklich belastet, und es bei dem, womit ich Sie beauftragen will, tatsächlich um Leben und Tod geht. Schreiben Sie bitte mein Verhalten meinem verzweifelten Gemütszustand zu. Ich hoffe deshalb auf Ihre Nachsicht und schlage vor, noch einmal neu anzufangen.«

»Gut, unterhalten wir uns jetzt zivilisiert auf Augenhöhe. Ich habe Ihren Worten ja bereits entnehmen können, dass Sie mir viel Geld bieten wollen für einen – sagen wir mal – äußerst prekären Job.«

»Ja, das ist richtig. Dafür zahle ich Ihnen aber auch so viel, dass Sie künftig ein arbeitsfreies Leben führen und sich alle Wünsche erfüllen können.«

»Und dafür soll ich dann nur wie der berühmte „Schakal" ein Attentat auf – lassen

Sie mich raten – den Bundespräsidenten verüben!?«

»Seien Sie nicht albern. Aber mit einem haben Sie schon recht, ich möchte einen Menschen tot sehen, der es aus meiner Sicht verdient. Es geht um meinen Ehemann. Er hat mich nicht nur von Anfang an mit seinen Flittchen betrogen, sondern will die Scheidung und die Hälfte meines Vermögens, um danach in Saus und Braus sein Luxusleben fortführen zu können. Dumm und verliebt habe ich bei der Heirat auf einen Ehevertrag verzichtet, da ich nicht glauben wollte, dass er mich ausschließlich wegen meines Geldes geheiratet hat.«

»Sie kommen tatsächlich zu mir, um mich mit dem Mord an Ihrem Ehemann zu beauftragen? Bin ich etwa der stadtbekannte Killer, an den man sich wendet, wenn man einen unliebsamen Zeitgenossen loswerden will? Das kann doch nicht Ihr Ernst sein! Oder halten Sie mich für einen Auftragsmörder? Ich habe nicht einmal eine Pistole, da ich die Dinger hasse.«

Aber sie schien unbeeindruckt.

»Mit ihrer eigenen Pistole sollten Sie ihn ohnehin nicht erschießen. Etwas mehr Fantasie brauchen Sie schon. Übrigens habe ich diese spontane Reaktion von Ihnen erwartet. Ich gebe Ihnen drei Wochen Bedenkzeit. Dann komme ich wieder; und wenn Sie akzeptieren, besprechen wir die Modalitäten und alle Details. So viel vorab: Sie bekommen für die Erledigung des Auftrags von mir 1 Million Euro und als Vorschuss und für Ihre Aufwendungen zur Planung und Vorbereitung der Tat 50.000 Euro. Überlegen Sie gut. Sie können damit für Ihre zweite Lebenshälfte finanziell vorsorgen und sich wie gesagt sämtliche Wünsche erfüllen. Ich weiß, dass Sie Jura studiert haben und nicht religiös sind. Schuldgefühle und Gewissensbisse dürften deshalb – wie ich hoffe – kein unüberwindbares Problem für Sie darstellen.«

»Das sollten wir zunächst einmal dahinge-stellt sein lassen. Ich glaube nicht, dass Sie das so lapidar beurteilen können. Aber mal zu einer anderen Frage, die sich mir bei Ihrem verlockenden Angebot sofort aufdrängt.«

»Und zwar?«

»Weshalb kommen Sie zu mir, wo Sie doch sicher leicht jemanden finden könnten, der schon für die vorab angebotenen 50.000 Euro bereit wäre, jemanden umzubringen? Wieso wollen Sie eine so hohe Summe dafür ausgeben, wenn Sie es doch so viel billiger haben könnten?«

»Die Antwort ist sehr einfach. Es gibt drei Gründe dafür. Erstens will ich mich unter keinen Umständen in kriminelles Milieu begeben und der Gefahr aussetzen, später möglicherweise erpresst zu werden. Außerdem müsste ich befürchten, mich zumindest als lukratives Ziel für Einbrecher zu outen. Einen Tipp an andere Schwerkriminelle könnte ich doch nicht ausschließen. Zweitens habe ich kein Vertrauen in die Intelligenz und Fähigkeiten eines Kriminellen, dessen Fingerabdrücke höchstwahrscheinlich polizeibekannt sind und der sicher schon eine einschlägige Haftstrafe hinter sich hat. Drittens bin ich zu reich, um mich für eine billige Lösung entscheiden zu müssen. Ich will nur die bestmögliche. Und deshalb brauche ich einen seriösen Partner wie Sie. Ich halte Sie für vertrauenswürdig, diskret und clever. Aufgrund Ihrer professionellen Erfahrung sind Sie bestimmt umsichtig genug, keine Spuren zu hinterlassen, die uns gefährlich werden könnten und Sie sind kaum so dumm, später noch mit mir in Kontakt zu treten, was verhängnisvoll sein könnte.«

Sie erhob sich und ging zu Tür.

»Auf Wiedersehen Julian – so darf ich Sie doch nennen – und falls Sie irgendein Aufzeichnungsgerät haben laufen lassen, vernichten Sie bitte die Aufnahme umgehend!«

Als sie die Tür hinter sich zugezogen hatte, blieb ich länger ziemlich fassungslos und wie paralysiert an meinem Schreibtisch sitzen. Dann fiel bei mir der Groschen. Ganz klar, das war eine große Verlade. Auch wenn es nicht der 1. April war, jemand wollte mich mal so richtig auf dem Arm nehmen. Sicher, für „Verstehen Sie Spaß" war ich nicht prominent genug, aber unter meinen Freunden gab es wohl einen Spaßvogel, der sich das ausgedacht hatte. Ich grinste erleichtert. Aber ganz sicher war ich nicht. So viele Freunde hatte ich nämlich nicht. Vielleicht war einer meiner Tenniskumpel auf diese schräge Idee gekommen. Außerdem gab es freitags im Club immer einen gut besuchten Stammtisch, bei dem komische Geschichten sehr beliebt waren, über die man lauthals lachen konnte. Mich wunderte nur, dass der Witzbold, der sich auf meine Kosten amüsieren wollte, dafür einen solchen Aufwand betrieben hatte. Vor allem schien mir dabei rätselhaft, wer eine solche Dame, die zweifellos in der 1. Liga spielte, hatte anheuern können. Schließlich kannte ich so gut wie alle Ehefrauen und Partnerinnen der Clubmitglieder, zu denen ich engeren Kontakt hatte.

Abends zerbrach ich mir weiter den Kopf, wer wohl der Initiator dieses Scherzes gewesen sein könnte. Mein Grübeln führte zu keinem plausiblen Ergebnis. Auch keiner meiner Tennisfreunde ließ sich in den nächsten Tagen auch nur das Geringste anmerken.

Der Besuch der mondänen Dame beschäftigte mich schon deshalb weiterhin, da die schöne Unbekannte mich so fasziniert hatte. Sie musste eine verdammt gute Schauspielerin sein, um so authentisch aufzutreten.

Gleichzeitig stellte ich mir – natürlich rein theoretisch – auch die Frage: Was wäre wenn? Einmal angenommen, der Auftrag war echt; 1 Million Euro war ein Haufen Geld. Ein derartiger Mord, bei dem es sich ja um keine offensichtliche Beziehungstat handeln würde, könnte kaum aufgeklärt werden, wenn es der Täter zudem clever anstellen würde.

Aber welche hypothetischen Alternativen fielen mir dazu ein? Und wäre ich wirklich zu einer derartigen Tat fähig? Ganz ohne persönliches Motiv aus reiner Geldgier.

Ich verdrängte die makabren Gedankenspielereien und ging davon aus, dass ich beim nächsten Besuch der mysteriösen Dame mit dieser über den Streich, den mir jemand spielen wollte, herzlich lachen würde. Ich nahm mir vor, spaßeshalber einzuwilligen und von ihr die 50.000 Euro zu verlangen.

Kapitel 2

Ich hatte es fast geahnt; die drei Wochen gingen um, und die schöne Unbekannte ließ sich nicht wieder blicken. Eigentlich hätte ich mich dadurch nur bestätigt fühlen sollen, nicht auf den Schwindel hereingefallen zu sein, aber enttäuscht war ich doch. Ich hätte sie wirklich gerne wiedergesehen. Außerdem störte mich an der Geschichte, dass damit eine logische Pointe fehlte.

So wurde ich zum zweiten Mal überrascht, als sie nach gut vier Wochen tatsächlich wieder vor mir stand beziehungsweise mir gegenübersaß.

»Sie müssen entschuldigen, dass ich mich um eine Woche verspätet habe, aber ich musste verreisen, um mich um eine dringende persönliche Angelegenheit zu kümmern. Halten Sie mich deshalb bitte nicht für unzuverlässig. Bei unserer etwaigen Geschäftsbeziehung können Sie hundertprozentig auf meine Vertragstreue vertrauen.«

Ich war wieder äußerst beeindruckt von ihrer Erscheinung, ihrem selbstsicheren Auftreten und ihrem eleganten Outfit. Sie trug ein eng tailliertes, teures grünes Kostüm, welches wunderbar mit ihren roten Haaren harmonierte.

Ich überlegte noch, was ich sagen sollte und forschte in ihrer Mimik nach einem Anzeichen, das diesem für mich inszenierten Joke entsprochen hätte.

Aber sie zuckte mit keiner Wimper und ihre wunderschönen Augen blieben todernst. Kein Zwinkern und kein noch so leises amüsiertes Lächeln war erkennbar.

»Mein heutiger Besuch wird – vorausgesetzt, wir einigen uns – natürliche einige Zeit beanspruchen. Da wir in diesem Fall die Einzelheiten eingehend besprechen müssen, hoffe ich, dass Sie in der nächsten Stunde keine weiteren Mandanten erwarten.«

Ich nickte bestätigend.

»Und wie haben Sie sich nun entschieden?«

Ich entschloss mich, dem Theater jetzt ein schnelles Ende zu machen, um anschließend gemeinsam mit ihr darüber lachen zu können.

»Ich habe mich entschlossen, Ihren Auftrag anzunehmen und fange sofort mit der Planung an, sobald ich über den angebotenen Vorschuss verfügen kann!«

Damit war der Zeitpunkt gekommen, zu dem sie Farbe bekennen musste. Schließlich konnte sie mich kaum mit einem Scheck oder einem Überweisungsversprechen abspeisen. Derartige Zahlungsweisen verboten sich bei Mordaufträgen wohl von selbst.

Zu meiner Überraschung schien ich sie mit meiner Zusage und Vorschussforderung jedoch keineswegs in Verlegenheit gebracht zu haben.

»Ich bin wirklich froh, dass Sie sich so entschieden haben. Schließlich konnte ich nicht ganz sicher sein, dass Sie genug Mut und nicht zuviel Skrupel haben.«

Ihre Reaktion verblüffte mich dann weit mehr als der Trick des Zauberkünstlers, der vor dem staunenden Publikum ein weißes Kaninchen aus dem eben noch zugeklappten Zylinder zieht. Sie öffnete ihre Handtasche, zog fünf Geldbündel mit Fünfhundertern heraus und warf sie auf meinen Schreibtisch.

»Hier sind die vereinbarten 50.000 Euro als Vorschuss und für Ihre Auslagen.«

Damit war der Schwarze Peter wieder bei mir gelandet. Höchste Zeit für einen Rückzieher!

Aber mein Ego, das die damit verbundene Blamage scheute und vor ihr unbedingt den Eindruck vermeiden wollte, dass ich im Ernstfall eher den Schwanz einzuziehen geneigt war, hinderten mich daran. Letztlich war es jedoch weniger machohafte Eitelkeit als starke Neugier, von meiner eleganten Besucherin mehr zu erfahren.

Warum sollte ich eigentlich nicht zunächst das Spiel mitmachen und mir erst mal anhören, was sie mir zu sagen hatte. Stornieren ließ sich ja alles immer noch.

Und was konnte sie schon tun, selbst wenn ich die 50.000 Euro – auch ohne Gegenleistung – einfach behielt. Eine Quittung würde sie wohl kaum verlangen.

Sie zog aus ihrer Handtasche ein DIN-A4-Blatt und gab es mir.

»Hier haben Sie alle Informationen, die Sie brauchen: unseren Familiennamen und den Vornamen meines Mannes, unsere Adresse sowie die unseres Ferienhauses im Grünen, die Autonummer seines Porsches, den Namen seines Tennisclubs und seine favorisierten Restaurants.«

»Ich hätte gerne noch ein Foto von ihm.«

»Ach so, das hätte ich beinahe vergessen.«

Sie reichte mir ein Passfoto herüber.

»Bevor wir jetzt zu den Details kommen, muss ich Ihnen wohl nicht ausdrücklich sagen, dass Sie alle Unterlagen sofort vernichten müssen, sobald Sie sich alles eingeprägt haben.«

Ich nickte und sah sie erwartungsvoll an.

»Zunächst zu den Zahlungsmodalitäten. Wir werden uns nächste Woche Donnerstag um Punkt 10:00 Uhr vor der Bank direkt hier gegenüber treffen. Bis dahin müssen Sie dort ein Girokonto eröffnen und gleichzeitig ein großes Schließfach mieten. In diesem werden wir Ihr Honorar deponieren. Den Schließfachschlüssel nehme ich anschließend an mich und schicke Ihnen diesen per Post zu, sobald Sie den Auftrag erledigt haben. Und zwar genau 10 Tage, nachdem die Todesanzeige meines Mannes in der Zeitung erschienen ist. Das bedeutet auch, dass wir uns nach dem heutigen Gespräch nur noch einmal persönlich treffen werden. Weitere Kontakte irgendwelcher Art darf es nicht geben!«

»Ist es eigentlich nicht auffällig, dass sie 1 Million Euro in immerhin gewisser zeitlicher Nähe zu dem plötzlichen gewaltsamen Tod Ihres Mannes von Ihrem Konto abgehoben haben? Möglicherweise könnte es doch Fragen nach der Verwendung dieser Summe geben; von wem auch immer.«

»Keine Sorge, daran habe ich schon gedacht. Ich besuche schon seit Längerem die bekannten Spielcasinos und spiele da mit höheren Einsätzen. So ist es auch keineswegs ungewöhnlich, dass ich regelmäßig höhere Bargeldbeträge von meinem Bankkonto abhebe, zumal das bei meinem Gesamtvermögen kein Aufsehen erregt. Außerdem besuche ich seit zwei Jahren die große Badener Rennwoche Ende August, wo ich mich bei den Galopprennen stets mit hohen Wetten engagiere. So habe ich Ihr Honorar schon lange beiseite gelegt.«

Beeindruckt von ihrer Cleverness hatte ich dennoch weitere Bedenken.

»Ich habe jetzt noch einige wichtige Fragen nach den genauen Vertragsbedingungen, über die wir meines Erachtens vorher unbedingt sprechen müssen.«

»Ja bitte, ich höre.«

»Erstens muss ich wissen, wie viel Zeit ich für die Erledigung Ihres Auftrages habe.«

«Ich denke, es sollte bis Jahresende passiert sein. Da wir jetzt Ende Mai haben, müsste Ihnen ausreichend Zeit für die Planung und Tatausführung bleiben. Aber ich will nicht kleinlich sein; wenn es Januar werden sollte, ist es mir auch recht. – Was wollen Sie sonst noch wissen?«

»Zweitens die eigentliche Gretchenfrage: Was ist, wenn Ihr Mann in dieser Zeit ohne meine Mitwirkung das Zeitliche segnen sollte? Vielleicht kommt er ja bei einem Unglücksfall – zum Beispiel bei einem Autounfall – um oder stirbt an einem Herzinfarkt.«

»Auch dann gilt unsere Abmachung. Hauptsache er ist tot. Auch dann gehört die Million Ihnen. Schließlich will ich überhaupt nicht wissen, was der Grund für seinen Tod ist bzw. welchen Anteil Sie daran hatten. Ich möchte nicht Mitwisserin sein und selbstverständlich diesbezüglich auch nichts von Ihnen erfahren. Wie schon gesagt, es gibt außer dem heutigen Gespräch nur noch ein Treffen anlässlich unseres Banktermins. Daran halten wir uns unbedingt. – Haben Sie noch weitere Fragen?«

»Eigentlich nur eine einzige. Geht es Ihnen ausschließlich um den Vermögensverlust oder um Rache aus Eifersucht? Statt der von Ihnen beabsichtigten gewaltsamen Beendigung Ihrer Ehe, könnten Sie doch auch eine gerichtliche Auflösung bewirken, selbst wenn es Sie einen Teil Ihres Vermögens kostet. Diese wäre immerhin risikolos und würde Ihr Gewissen nicht belasten. Ich vermute allerdings stark, dass es noch einen bedeutend schwerwiegenderen Grund gibt?«

Sie zögerte und räusperte sich, ehe Sie mit leiser Stimme zugab, dass meine Vermutung richtig war.

»Sie haben Recht, es stimmt. Ich hatte eigentlich nicht die Absicht, Ihnen allzu Intimes preiszugeben. Aber vielleicht kann ich Sie so zusätzlich motivieren. – Vor gut 2 Jahren wurde ich schwanger. Als ich dann von den Seitensprüngen meines Mannes erfuhr, machte ich ihm eine heftige Szene und bittere Vorwürfe. Bei dem anschließend eskalierenden Streit schlug er mich hart ins Gesicht, wobei ich so unglücklich eine Treppe hinunterstürzte, dass ich danach eine Totgeburt hatte.«

Bei diesem Geständnis sah sie so tief traurig aus, das ich sie am liebsten in den Arm genommen und getröstet hätte. Aber sie fasste sich schnell wieder und fuhr fort.

»Ich musste erkennen, dass er mich nur geheiratet hatte, weil ihn mein Geld interessierte. Er zeigte in der Folgezeit überaus deutlich, dass er für mich keinerlei positive Gefühle empfand, geschweige denn so etwas wie Liebe. Er ist aber nicht nur ein großer Heuchler und Egoist, sondern geht, um seine Ziele zu erreichen, sogar über Leichen, wie ich erfahren musste. – Traumatisiert durch mein Unglück und aufgrund der Erkenntnis, dass sich mein Ehemann als Schuft erwiesen hatte, wollte ich nicht mehr leben. An einem Freitagabend nahm ich eine tödliche Dosis an Schlaftabletten ein, bevor ich ins Bett ging. Am nächsten Tag brach er schon frühmorgens zu einem Wochenend-Golfturnier auf, obwohl er meinen äußerst kritischen Zustand unmöglich übersehen haben konnte. Schließlich lag ich bewusstlos im Bett, und auf meinem Nachtisch musste er die leeren Schlafmittelpackungen bemerkt haben. Doch er verließ ungerührt das

Haus und ließ mich hilflos und halb tot zurück.«

»Dass ich noch lebe, verdanke ich ausschließlich dem Zufall, dass unsere langjährige Putzfrau, die einen Schlüssel zum Haus hat, am Tag zuvor bei uns ihr Handy hatte liegen lassen. Als sie am Samstagmorgen mein Auto in der Einfahrt stehen sah, war sie erstaunt, dass ich nicht auf ihr „Hallo" reagierte. Schließlich fand sie mich leblos im Bett, erkannte sofort den Ernst der Lage und rief den Notarzt. Wie der behandelnde Arzt mir später in der Klinik sagte, bin ich nur haarscharf mit dem Leben davongekommen.«

»Nach dem Krankenhausaufenthalt und der kurzfristigen obligatorischen Unterbringung in der Psychiatrie beschloss ich, mein Leben wieder selbstbestimmt und aktiv in den Griff zu bekommen.

Wie ich danach von meiner Lebensretterin erfuhr, hatte sie keine Arzneipackungen auf meinem Nachttisch vorgefunden. Offensichtlich hatte er sie entsorgt, um später sagen zu können, er habe lediglich geglaubt, ich schliefe noch. – Ich frage mich, ob es für jemanden, der einen Menschen hilflos sterben lassen will, nicht nur noch ein kleiner Schritt zu einem Mordplan ist. Denn anders als ich Ihnen gegenüber zu Anfang behauptet habe, will er keine Scheidung, sondern mich offensichtlich beerben. Jetzt werden Sie meine Befürchtungen und meine Reaktion wohl verstehen.«

Sie wirkte irgendwie erleichtert und stand auf. Ich begleitete sie zur Tür und schaute ihr nach, wie sie den Flur entlang zu den Aufzügen ging, wobei sie sich wie auf einem Laufsteg bewegte. Sie hatte wirklich Klasse.

Dann las ich die Informationen auf dem Blatt, das sie mir gegeben hatte. Sie hieß Konstanze Weissenberg und ihr Mann Robert. Sie wohnten in einem noblen Villenviertel. Er sah sehr gut aus. Ein Typ wie Michael Douglas in jüngeren Jahren.

Nachdem ich alle Details im Kopf hatte, verbrannte ich die Seite und das Foto in dem von mir sonst nie benutzten großen Aschenbecher auf meinem Schreibtisch.

Diese Geschichte, in die ich da reingeschlittert war, hatte mich doch ziemlich aus der Fassung gebracht. Nichts war so, wie ich fest geglaubt hatte. Kein Scherz, sondern eine beängstigende Realität.

Aber was hatte ich von ihrer dramatischen Erzählung zu halten? War ihr Robert wirklich ein so gemeiner Schurke, wie sie ihn geschildert hatte? Hätte er sie tatsächlich ungerührt sterben lassen? Oder hatte sie sich dieses Märchen wie Scheherazade aus „Tausend und einer Nacht" nur ausgedacht, um damit an meinen Beschützerinstinkt zu appellieren? Einen solchen Bösewicht unschädlich zu machen, konnte schon fast als gute Tat gelten.

Vielleicht hatte sie tatsächlich Angst um ihr Leben. Wenn sie diese Szenen einer Ehe nur erfunden hatte, stand sie allerdings Scheherazade in nichts nach, die mit ihren fantasievollen Erzählungen schließlich auch nur ihr Leben retten wollte.

Ich war allerdings schon geneigt, ihr zu glauben. Ich nahm ihr auch ab, dass sie nach Lage der Dinge um ihr Leben fürchtete, selbst wenn sie nach meiner Meinung die reale Bedrohung überschätzte. Ihr Wunsch, ihn loszuwerden, erschien mir jedenfalls plausibel.

Obwohl ich von mir keine allzu gute Meinung hatte, als Auftragsmörder hatte ich mich aber noch nie gesehen. Warum verdammt noch mal hatte ich ihr nicht gesagt, sie solle sich zum Teufel scheren. Ich war zwar arm, aber anständig. Nur konnte ich mir dafür nichts kaufen, und ein Verdienstkreuz gab es dafür auch nicht.

Nachdem ich einige Zeit nachdenklich an meinem Schreibtisch gesessen hatte, fasste ich einen Entschluss. Zunächst würde ich weiter gute Miene zu bösem Spiel machen. Schließlich gab es Optionen. Der Kerl konnte vielleicht auch ohne meine Mitwirkung das Zeitliche segnen. Zudem hatte ich viel Zeit, mich anders zu entscheiden, ohne besondere Konsequenzen befürchten zu müssen. Und wer sagte mir eigentlich, dass die Scheine, die in Bündeln vor mir lagen, echt waren. Aber so einfach ließ sich mein Problem dann doch nicht lösen. Der Typ war jung und gesund. Und die Hoffnung auf einen tödlichen Unglücksfall war auch nicht gerade realistisch. Die Sache mit dem Falschgeld konnte ich auch vergessen, nachdem ich mir einen 500er bei der Bank wechseln ließ und dabei Zweifel äußerte, ob der große Schein aus dem Verkauf eines Autos auch echt wäre.

So beschloss ich, den Fall zunächst pragmatisch anzugehen und mir wenigstens die 50.000 Euro zu verdienen. Wie vereinbart eröffnete ich in der Bank vis-à-vis ein Girokonto und mietete gleichzeitig ein großes Schließfach auf meinen Namen. Danach sah ich mich bei der Adresse der Weissenbergs etwas um. Das Grundstück an der Lindenallee 20 war recht groß, die Einfahrt führte durch einen Park mit altem hohen Baumbestand und die Villa konnte man von der Straße aus nur zu einem kleinen Teil sehen.

Meine weiteren Nachforschungen ergaben, dass meine Mandantin die Erbin eines Industrieimperiums war und bei der Heirat den Namen ihres Mannes angenommen hatte. Dabei wurde mir klar, dass 1 Million Euro bei ihrem Vermögen kaum ins Gewicht fiel.

Wie sehr mich unser Pakt beschäftigte, dokumentierte sich sogar in meinen Träumen. So träumte ich, dass ich ihm mit der Pistole in der Hand an einer dunklen Ecke auflauerte. Doch als ich abdrückte, fiel kein Schuss, sondern aus der Pistole schoss ein Wasserstrahl, und das Mordopfer lachte mich schallend aus.

Im Focus eines anderen Albtraums stand ein Schachspiel. Die meisten der Figuren waren bereits geschlagen und bei den wenigen, die noch auf dem Brett standen, handelte es sich u. a. um die weiße Dame, einen schwarzen Läufer und einen weißen Springer. Dabei schien es um mehr als ein Spiel zu gehen. Sieg oder Niederlage waren gleichbedeutend mit Rettung oder Tod. Der schwarze Läufer bedrohte die weiße Dame mit Gardé und nur der weiße Springer konnte der Dame noch zu Hilfe kommen und dieser Deckung geben. Doch als ich diesen Zug machen wollte, war der Springer nicht von der Stelle zu bewegen, als ob er in seiner Ausgangsposition unverrückbar festgeklebt worden wäre. Dadurch hatte der schwarze Läufer freie Bahn, um die weiße Königin zu schlagen. Nassgeschwitzt wachte ich auf und ärgerte mich über den Unsinn, den ich zusammengeträumt hatte. Ich nahm mir fest vor, abends in Zukunft nur noch eine Kleinigkeit zu essen!

Am Donnerstagmorgen stand ich pünktlich vor der Bank und war erstaunt, als mich eine blonde Dame mit Sonnenbrille ansprach.

»Hallo Julian, haben Sie das Schließfach gemietet?«

»Guten Morgen, ich hätte Sie jetzt nicht erkannt.«

Diesmal trug sie ein dunkelblaues Kostüm und in der Rechten einen schwarzen Aktenkoffer.

»Ich möchte schließlich nicht, dass mich jemand in Ihrer Begleitung erkennt und sich später an mich erinnern kann. Dieses Kostüm gebe ich zusammen mit dem grünen vom letzten Mal heute noch in den Altkleider-Container.«

Ich legte am Schalter meinen Personalausweis vor und als uns der Bankangestellte die Stahlgittertür zum Schließfachkeller geöffnet hatte, ließ er uns allein. Mit meinem Schlüssel öffnete ich das Schließfach, zog die Kassette heraus und gab ihr den Schlüssel.

Sie öffnete den Aktenkoffer und füllte das Fach bis zum Rand mit Geldbündeln. Dabei schaute sie mich fragend an.

»Vielleicht hätten Sie nachzählen wollen?«

»Nein, nicht nötig, ich vertraue Ihnen völlig«

Ich schob das Fach wieder hinein, und sie schloss ab. Nachdem sie den Schlüssel eingesteckt hatte, verließen wir die Bank.

Mehr als eine Viertelstunde hatten wir nicht gebraucht, um die Million zu deponieren.

»Machen Sie es gut und auf Nimmerwiedersehen!«

Damit ließ sie mich vor der Bank stehen und verschwand auf der Rolltreppe zur U-Bahnstation.

Zurück blieb bei mir ein ziemliches Gefühlschaos. Auf was hatte ich mich da bloß eingelassen. Und es wollte mir nicht so recht gelingen, mir überzeugend einzureden, tatsächlich bisher nur zum Schein auf diesen mörderischen Deal eingegangen zu sein. Unschlüssig, wie es letztlich weitergehen sollte, entschied ich mich dafür, den Auftrag vorerst rein logistisch zu behandeln und die moralische Perspektive zunächst beiseite zu schieben. Bis zu einer endgültigen Entscheidung konnte ich so erst einmal Zeit gewinnen.

Kapitel 3

In den folgenden Wochen observierte ich möglichst unauffällig meine Zielperson und studierte seine Gewohnheiten und Tagesabläufe. Häufig besuchte ich dabei das Restaurant seines Tennisclubs und trank dort auf der Terrasse Kaffee oder ein Bier. Von einer Anhöhe gegenüber den Tennisplätzen konnte ich ihn außerdem auch beim Spielen beobachten. Selbst ein Blick durch mein Taschenfernglas war aus der Entfernung unauffällig.

Er war kein besonders talentierter Tennisspieler, spielte aber aggressiv und praktizierte ein perfektes „winning ugly". So fiel mir einige Male auf, dass er sich auch keinesfalls scheute, bei knappen Spielständen bewusst zu mogeln und „enge Bälle" des Gegners fälschlicherweise „aus" zu geben. Somit verlor er wohl nur gegen Spieler, die ihm schlagtechnisch deutlich überlegen waren. Meistens jedoch verließ er den Platz als Sieger.

Nachdem ich mehrfach festgestellt hatte, dass er häufig seinen Porsche abzuschließen vergaß beziehungsweise das elektronische Sperrsignal auf seinem Schlüssel nicht betätigte, wenn er nur kurz mal in ein Geschäft oder an einen Bankautomaten wollte, kam ich auf eine gute Idee. Ich nahm mir vor, bei nächster Gelegenheit in seinem Wagen eine Wanze anzubringen. (Für einen Überwachungsauftrag hatte ich mir vor einiger Zeit mehrere besorgt.)

Die Gelegenheit kam, als er im Tennisclub nur schnell etwas abgeben wollte und seinen Porsche auf dem von Hecken umgebenen Clubparkplatz abgestellt hatte. Ich brauchte nur ein paar Sekunden, um die Wanze unter dem Armaturenbrett anzubringen.

Um mich eingehend mit dem Umfeld der Weissenbergs vertraut zu machten, fuhr ich auch zu ihrem Ferienhaus im Sauerland. Die

Fahrt dauerte rd. zwei Stunden und führte durch waldreiche Landschaft. Nach der Wegbeschreibung fand ich das Haus schnell, nachdem ich vorher an der nahegelegenen Bundesstraße, auf der ich gekommen war, am Randstreifen geparkt hatte. Das Ferienhaus war größer als ich gedacht hatte. Es war zweigeschossig und machte einen überaus gepflegten Eindruck. Die Fensterläden waren geschlossen. Vor ihnen waren Blumenkästen mit blühenden Geranien. Ich ging einmal um das Haus herum und sah auf der Rückseite eine Kellertreppe, die zu einer mit Eisenblech beschlagenen Tür führte. Dass dieses Landhaus der Weissenbergs sogar unterkellert war, hatte ich nicht erwartet. Etwa 60 m vom Haus entfernt lag ein kleiner See mit einem Bootssteg neben einem Holzschuppen. Der am Rand mit Schilf bewachsene See machte den Eindruck eines wahren Anglerparadieses, vorausgesetzt er hatte einen entsprechenden ausgesetzten Fischbestand.

Nach der Rückkehr von meinem Ausflug ins Grüne musste ich mir wieder eingestehen, dass ich immer noch keinen konkreten Plan hatte, der mir erfolgversprechend erschienen wäre. Daraufhin versuchte ich, mir durch ein Brainstorming darüber klar zu werden, welche Alternativen sinnvollerweise in Frage kämen. Abgesehen von den Klassikern wie Erschießen, Erschlagen oder Erstechen, dachte ich über weitere praktikable Tötungsvarianten nach. Aber alles was mir einfiel, war zu umständlich, zu schwierig, zu blutig oder hinterließ kaum vermeidbare Beweisspuren. In diese Kategorie gehörten die Herbeiführung eines tödlichen Verkehrsunfalls oder der Versuch, ihn irgendwo aus größerer Höhe hinabzustürzen. Zu einem Sprengstoffanschlag oder einer Manipulation an der Bremshydraulik seines Porsche fehlte mir schlicht das notwendige Know-how.

Je intensiver ich mich –natürlich vorerst rein gedanklich – mit einer Mordplanung befasste, desto unrealistischer und problematischer erschien mir das Vorhaben. Einmal ganz abgesehen von meiner zweifelhaften Befähigung zu einer derartigen Tat.

Resignieren beziehungsweise endgültig kapitulieren wollte ich jedoch noch nicht. Mit meiner Selbstachtung unvereinbar erschien mir, die Flinte schon ins Korn zu werfen. Für die 50.000 Euro konnte sie zumindest erwarten, dass ich solange Anstrengungen unternahm, bis ich mir endgültig darüber im Klaren war, was ich machen oder lassen sollte.

Je länger ich nachdachte, desto stärker drängte sich mir die Einsicht auf, dass ich wohl – ungeachtet meiner tiefen Abneigung – doch eine Schusswaffe brauchen würde. Ein Schuss war zweifelslos unkomplizierter, schneller und sicherer als sämtliche anderen Alternativen. Zudem konnte leicht ein günstiger Moment gewählt werden, bei dem es keine Zeugen gab.

Diese Erkenntnis veranlasste mich, aktiv zu werden. Mit der Konzentration auf die Waffenbeschaffung verdrängte ich zunächst weiterführende Überlegungen zu einer späteren Tatausführung.

Kapitel 4

Ich buchte eine fünftägige Busreise nach Prag. Meine Mitreisenden waren fast alle schon deutlich über das Pensionsalter hinaus. Ehemalige Studienrätinnen und ältere Ehepaare freuten sich auf die Bildungsreise und die Sehenswürdigkeiten der tschechischen Hauptstadt. Im Programm des Reiseveranstalters waren neben der obligatorischen großen Stadtrundfahrt und der Besichtigung berühmter Bauwerke auch Besuche typischer historischer Restaurants vorgesehen.

Als Highlights der goldenen Stadt an der Moldau wurden im Reiseprospekt die Prager Burg, die Karlsbrücke, der Wenzelsplatz und der mittelalterliche Stadtkern genannt. Besondere Erwähnung fand noch die Tatsache, dass die Prager Stadtteile durch 18 Brücken verbunden sind, was romantische Stadtperspektiven bietet.

Wann kann man schon Beruf und Privatinteresse so optimal unter einen Hut bringen, dachte ich zufrieden.

Prag war auch wirklich eine Reise wert. Besonders beeindruckend ist der Wenzelsplatz, einer der größten Plätze in Europa mit zudem einzigartiger Architektur. Sehenswert ist auch die Prager Burg. Sie ist sozusagen eine Stadt für sich. Wie der Fremdenführer erläuterte, hat sie sich in 1000 Jahren zu der vielleicht größten Burg der Welt entwickelt, von der einst sogar das Heilige Römische Reich regiert wurde. Zu Recht berühmt ist daneben die aus dem 14. Jahrhundert stammende gotische Karlsbrücke. Zum Besichtigungsprogramm gehörte auch das gotische Altstädter Rathaus mit seiner astronomischen Uhr aus dem 15. Jahrhundert, wo sich zu jeder vollen Stunde mit dem Glockenschlag die Figuren der 12 Apostel zeigen. Unbedingt sehenswert ist auch der dreischiffige Veitsdom, an welchem 600 Jahre gebaut wurde.

Ähnlich wie in Wien gibt es auch in Prag Kaffehäuser mit unvergleichlicher Atmosphäre, wie das Café Imperial mit seinen dekorativen Jugendstilkacheln ringsum an den Wänden.

Als absolutes Highlight wurde eine abendliche Stadtrundfahrt per Boot auf der Moldau geboten. Beim Abendessen an Bord ergab sich aufgrund der beleuchteten Stadtsilhouette ein unvergessliches Panorama.

Von unserem Besichtigungsprogramm machte ich lediglich den Ausflug zu Schloss Konopiště nicht mit, sondern nahm mir an diesem Samstag ein Taxi und ließ mich zu dem nordöstlich von der Innenstadt liegenden Blešítrh fahren, einem großen Trödelmarkt auf einem stillgelegten Industrieareal.

Schnell fand ich dort das, wonach ich suchte: einen größeren Stand mit Militaria. Neben Uniformen, Helmen und Orden wurden dort historische Waffen, Säbel, Armbrüste, Flinten und Pistolen angeboten.

Ich zeigte mich interessiert und wandte mich an den Inhaber, einen alten weißhaarigen Mann.

»I want to buy a pistol, but not a historic one like these. Can you offer me a pistol with full function?«

Er sah mich misstrauisch an und wollte wohl zunächst wissen, mit wem er es zu tun hatte.

»Where do you come from?«

»I am German.«

»Dann sprechen wir lieber Deutsch, mein Herr. Das fällt uns beiden leichter. Wozu brauchen Sie denn eine scharfe Waffe. Sie machen auf mich nicht den Eindruck eines Bankräubers.«

»Keine Sorge, ich hätte nur gerne eine Pistole zu meinem Schutz. In Deutschland sind der Erwerb eines Waffenscheins und der Kauf einer Waffe so kompliziert und schwierig.«

»Der Kauf und Verkauf von Schusswaffen ist auch hier gesetzlich streng geregelt. Und einen illegalen Waffenhandel betreibe ich nicht.«

»In Deutschland heißt es aber, dass man hier auf dem Schwarzmarkt leicht Waffen aus alten Armeebeständen kaufen könnte.

Vielleicht können Sie mir ja sagen, wo ich eine funktionsfähige Pistole kaufen kann. Allein für diesen Tipp biete ich Ihnen 100 Euro.«

Der Alte machte eine nachdenkliche Miene, schien schließlich jedoch von meiner Seriosität überzeugt zu sein und gab seine Vorsicht auf.

»Möglicherweise kann ich Ihnen doch helfen, mein Herr. Kommen Sie heute Abend so gegen 21:00 Uhr zur Linhartská 17, einer Straße direkt am Rathaus in der Altstadt. Mein Name ist Anton Cerná.«

Die Adresse war im Stadtplan leicht zu finden und nach meinem Klingeln wurde mir sofort geöffnet.

»Bitte treten Sie ein, mein Herr.«

Nachdem er mir in seinem Wohnzimmer einen Platz angeboten hatte, verschwand er kurz im Nebenzimmer und erschien wieder mit einer Pistole älterer Bauart in der Hand, die mit einem etwas klobigen Griff und langem Lauf eigentlich so gar nicht meinen Vorstellungen entsprach.

»Ich habe eigentlich an eine kompakte Waffe wie zum Beispiel eine tschechische Militärpistole beziehungsweise an ein russisches Modell wie die Makarow gedacht.«

Vor meiner Abreise hatte ich mich nämlich eingehend informiert. Mir war zwar klar, dass ich so etwas wie eine handliche Beretta hier kaum finden dürfte, aber dieses altmodische Modell erfüllte überhaupt nicht meine Erwartungen.

»Haben Sie keine kompaktere und modernere Pistole?«

»Nein mein Herr, ich kann Ihnen nur diese anbieten, die ich zufällig vor Kurzem kaufen konnte. Dazu kann ich Ihnen eine Schachtel mit passender Munition geben.«

»Und die funktioniert auch?«

Er sah mir meine Enttäuschung deutlich an und versuchte, meine Bedenken zu zerstreuen.

»Ja mein Herr, dafür garantiere ich. Dies ist eine Parabellum 08. Sie ist zwar schon alt, aber hundertprozentig funktionsfähig. Sie wurde seinerzeit in der Waffenfabrik in Berlin-Spandau produziert und ist wirklich ein deutsches Qualitätsprodukt. Ich habe sie sorgfältig gereinigt und geölt. Ihre Mechanik funktioniert einwandfrei. Sie brauchen nicht wie bei komplizierteren modernen Pistolen zu befürchten, dass eine Ladehemmung auftritt.

Die Berliner Waffenfabrik hat seinerzeit für diese Pistole die Patrone 9 mm Parabellum entwickelt, die dann weltweit zu einer Standardpatrone wurde. Damit hat die Pistole eine enorme Durchschlagskraft. Das herausnehmbare Reihenmagazin für acht Patronen wird unten in den Griff eingeschoben. Der Magazinhalter-Knopf ist hinter dem Abzugsbügel und der Sicherungshebel hier vorne direkt über dem Abzug. Auch wenn die Waffe einen etwas ungelenken Eindruck macht, liegt sie doch gut in der Hand.«

Er zeigte mir noch, wie das Magazin eingeschoben wurde und hoffte, mich überzeugt zu haben. Mir blieb keine Wahl und so gab ich ihm schließlich die verlangten 1.500 Euro.

Mit Pistole und Patronen kehrte ich ins Hotel zurück und legte sie vorerst in meinen Koffer.

Bei einem unserer nächsten Busausflüge wartete ich solange, bis alle ausgestiegen waren und sagte dem Fahrer, der vor dem

Bus eine Zigarette rauchte, ich hätte etwas im Bus vergessen. Aus dem auf meinem Platz liegengelassenen Jutebeutel entnahm ich eine Plastiktüte mit der Parabellum und der Patronenschachtel. Dann befestigte ich die Plastiktüte mit Paketband unter dem Sitz einer kleinen alten Dame, die drei Reihen vor mir saß.

Erwartungsgemäß kam mein Mitbringsel auch unbeanstandet in Deutschland an. Darauf nahm ich die Plastiktüte mit einem Handgriff unbemerkt wieder an mich.

Der Militaria-Händler hatte nicht gelogen. Die Waffe funktionierte tatsächlich tadellos, was ich bei einem Test während eines großen Feuerwerks feststellen konnte. In einer Grünanlage feuerte ich einen Schuss auf einen Baum ab. Auch wenn dieser Test erfolgreich war, weitergehende Pläne hatte ich noch nicht geschmiedet.

Kapitel 5

Nachdem ich zu Anfang dem „Mordopfer" mehrmals in sicherem Abstand nachgefahren war, kannte ich mittlerweile seinen Tagesablauf und seine Gewohnheiten so gut, dass ich meistens wusste, wo er sich zu bestimmten Zeiten aufhielt. So musste ich nicht mehr befürchten, bei einer Autoverfolgung entdeckt zu werden.

Obwohl ich jetzt die Mordwaffe besaß, beschäftigte ich mich immer noch mit etwaigen Alternativen, die möglicherweise das Risiko geringer halten könnten.

In diesem Zusammenhang dachte ich auch kurz an die offensichtlich von Frauen bevorzugte Methode, einen missliebigen Ehemann durch Gift umzubringen. Ein Vergiften verwarf ich allerdings sofort wieder. Wo und wie sollte ich es ihm wohl verabreichen. Und wie gut es sich auch immer in einem Krimi lesen mochte, die Geschichte mit dem Blasrohr und dem Curarepfeil war nicht nur allzu exotisch, sondern musste schon an der Beschaffung des Pfeilgiftes scheitern.

So studierte ich mein Opfer weiterhin intensiv und hoffte, dass mir dabei eine noch bessere Idee einfallen würde, als ihn erschießen zu müssen.

Vielleicht würden mich ja sein Verhalten und seine Angewohnheiten bei der Beantwortung der W-Fragen weiterbringen.

Hauptproblem war natürlich – ungeachtet der Option, die Pistole zu benutzen – die endgültige Frage nach dem Wie. Abgesehen davon war ich mir aber auch immer noch im Unklaren bei den Fragen nach dem Wo und Wann.

Während ich vor dem Besuch meines Racheengels immer auf Kommando hatte einschlafen können, lag ich jetzt abends oft wach und kam nicht zur Ruhe.

Erschreckend fand ich die Erkenntnis, dass ich im Begriff war, mich total mit der mir von ihr zugedachten Rolle zu identifizieren.

Ich stellte Mordüberlegungen an, als ob es sich um die Lösung irgendwelcher Verfahrensprobleme handeln würde. Alle diesbezüglichen Aktivitäten absolvierte ich weitgehend emotionslos, ohne mich dabei von der zielführenden Ungeheuerlichkeit beeinträchtigen zu lassen. Mordplanung als business as usual. Das war doch wirklich wahnsinnig. Ich musste verrückt sein, den Vorbereitungen zu einer solchen Tat wie einer Normalbeschäftigung nachzugehen.

Die alleinige gedankliche Fokussierung auf effektives, rationelles und zweckmäßiges Handeln bei gleichzeitiger Missachtung aller moralischen und ethischen Prinzipien begannen meine Selbstachtung zu beschädigen. Wie hatte es nur soweit kommen können? Hatte ich denn total den Verstand verloren?

Bei meinen Observationen konnte ich sicher sein, dass er nicht auf mich aufmerksam wurde, da ich mich nicht nur stets im Hintergrund hielt, sondern häufig schon vor Ort war, bevor er ankam. Da ich seinen normalen Tagesablauf kannte, musste ich ihn glücklicherweise nicht mehr per Auto verfolgen. Ich kannte seine Tennis- und Golftermine sowie seine favorisierten Restaurants, die er abends mit seiner Freundin besuchte.

Ich war sehr froh, dass ich nicht mehr das Risiko einzugehen brauchte, dass er mich eventuell als Verfolger wahrnahm. Dieses war nämlich anfangs beträchtlich. Bei den wenigen erfolgreichen Versuchen, seinem Porsche zu folgen, hatte ich früher gelegentlich riskiert, von ihm zufällig bemerkt oder in heikle Verkehrssituationen verwickelt zu werden. Er fuhr nämlich immer zu schnell und einigermaßen rücksichtslos. So hatte ich in der ersten Zeit zwei von drei Versuchen abbrechen müssen, weil ich ihm nicht unauffällig hätte folgen können oder hätte befürchten müssen, bei einer Geschwindigkeitskontrolle geblitzt zu werden.

Anlässlich der belauschten Unterhaltungen zwischen ihm und seiner Geliebten überlegte ich auch, ob es nicht hilfreich sein könnte, diese mal zu beschatten. Vielleicht ergäbe sich so eine praktikable Idee für mein Vorhaben, auf die ich bisher noch nicht gekommen war.

Sie war schätzungsweise 1,75 m groß, hatte lange schwarze Haare und blaue Augen. Sie war schlank, gut proportioniert und stets recht „aufgedonnert", was Make-up und Outfit anging. Sie war in einem renommierten Juweliergeschäft angestellt.

Da er gewöhnlich dreimal in der Woche Tennis spielte, wobei sie ihn oft begleitete, auch wenn er nicht mir ihr spielte, hatte ich ausreichend Gelegenheit, Gespräche zwischen ihnen im Auto mitzuhören. Meinen Wagen parkte ich immer am anderen Ende des Club-Parkplatzes. Oft unterhielten sie sich auch über seine Ehe und die finanzielle Abhängigkeit von seiner Frau. Diese hatte ihm zwar ein Konto eingerichtet, das ihm seinen luxuriösen Lebenswandel erlaubte, aber er wollte offensichtlich mehr.

Bei diesen Unterhaltungen stellte ich übrigens schnell fest, dass ihr hochattraktives Äußeres in deutlichem Missverhältnis zu ihrem defizitären IQ stand. Offensichtlich war sie jedoch raffiniert genug, ihre Reize sehr effektiv einzusetzen. Da ihr Eigenleben wenig hergab, verzichtete ich darauf, sie weiter zu observieren.

Mittlerweile hatten wir Juli, und ich musste mir eingestehen, dass von einer konkreten Planungsphase immer noch keine Rede sein konnte.

Kapitel 6

Eigentlich ging ich unverändert meiner normalen beruflichen Tätigkeit nach. Mit Überlegungen zum großen Coup und den damit zusammenhängenden Fragen beschäftigte ich mich zurzeit vorzugsweise nach Feierabend, wenn ich wieder zu Hause war. Mein Appartement im Dachgeschoss war zwar nur 45 Quadratmeter groß, hatte aber eine Dachterrasse nach Süden. Dort saß ich im Sommer bis spät abends und hoffte, dass mir bei einem Glas Wein eine zündende Idee einfallen würde. Glücklicherweise stand ich nicht unter Zeitdruck und musste mich nicht verrückt machen. Auf einmal kam mir ein zutiefst beunruhigender Gedanke.

Hatte ich wirklich noch so viel Zeit? Gesetzt den Fall, meine Auftraggeberin hatte Recht mit der Einschätzung ihres Ehemannes und ihren Befürchtungen, selbst einem Mordkomplott zum Opfer zu fallen? Was wäre, wenn ich ihm zuvorkommen müsste? Wenn sie starb, hätte er sein Ziel erreicht, und ich verlor 1 Million. Dieser quälende Gedanke ließ mich nicht los, und ich beschloss, gut auf sie aufzupassen. Zweifel an meiner Eignung zum Auftragsmörder hatte ich zwar immer noch, aber die Vorstellung erschien mir nicht mehr so utopisch wie zuvor. Ich konnte nicht mehr ausschließen, dass mir vielleicht das Gesetz des Handelns aufgezwungen wurde. In jedem Fall musste ich gut aufpassen.

Auch ohne mein Engagement im Rahmen des heiklen Mordmandats hatte ich gut zu tun. Sozusagen nebenbei konnte ich verschiedene Aufträge zur Zufriedenheit meiner Mandanten erfolgreich erledigen. Wenn ich morgens in den Spiegel sah, blickte ich in das Gesicht eines (auch finanziell) nicht unzufriedenen Mannes und eines etwas frustrierten künftigen Killers. Was hatte mich bloß geritten, auf diesen Irrsinn einzugehen. Schließlich mochte ich meinen Job. Er war selten langweilig, forderte meine persönlichen beziehungsweise intellektuellen Fähigkeiten und ließ mir viele Freiheiten. Ich musste keine langen Bürotage absitzen und lernte ständig Menschen in Ausnahmesituationen kennen.

So erschien wie telefonisch vereinbart, eine etwa 45 bis 50-jährige Frau in meinem Büro und fragte mich, ob ich einen Überwachungsauftrag annehmen würde.

»Selbstverständlich. Um wen geht es denn?«

Sie musste sich augenscheinlich einen Ruck geben, um mit der Sprache rauszurücken.

»Ich bin in Sorge um meinen Mann. Er ist Rechtsanwalt und hat sich auf Wirtschaftsrecht und Insolvenzverfahren spezialisiert. Sein Beruf bringt mit sich, dass er häufig auf Dienstreisen geht. Dabei ist er oft bis zu drei Tage verreist. Wenn er danach nach Hause kommt, macht er oft einen übernächtigten Eindruck, seine Kleidung ist verschwitzt, und er riecht bisweilen nach Parfum.«

»Wenn ich Sie recht verstehe, haben Sie den Verdacht, dass er Sie mit einer anderen Frau betrügen könnte?«

»Ja, das befürchte ich.«

»Andere Indizien für ein eventuelles Fremdgehen haben Sie nicht?«

»Nein, aber mich beunruhigt noch etwas anderes. Nach einer Dienstreise hat er gelegentlich sehr viel Bargeld in seiner Brieftasche. Ich meine damit, Beträge von ein paar Tausend Euro. Halten Sie es für möglich, dass er irgendwie in organisierte Kriminalität oder Geldwäsche involviert ist? Ich mache mir wirklich große Sorgen!«

»Diese Befürchtungen müssen Sie nicht haben. Im kriminellen Geldtransfer geht es in der Regel nicht um Manipulation mit Bargeld und schon gar nicht in dieser uninteressanten Größenordnung. Auf Ihre anderen Beobachtungen kann ich mir im Moment noch keinen Reim machen.«

»Übermorgen will er nach Berlin fliegen. Seine Maschine startet um 10:00 Uhr. Dann wird er kurz vor 8:00 Uhr aus dem Haus gehen. Er sagt, er hat dort einen Tag zu tun. Haben Sie Zeit, ihn dort zu beobachten?«

»Ja, das geht. Aber mit Spesen und Flug wird das für Sie nicht ganz billig.«

»Das spielt in dem Fall keine Rolle, das ist mir sehr wichtig.«

Sie nahm meinen Kostenvoranschlag gelassen zur Kenntnis und verabschiedete sich, wobei sie mich eindringlich darum bat, besonders vorsichtig zu sein, damit er unter keinen Umständen Verdacht schöpfte, dass sie ihm nachspionierte. Am Abreisetag ließ ich mich rechtzeitig vor ihre Wohnung fahren und sagte dem Taxifahrer, er solle warten. Pünktlich kam er mit Reise- und Aktenkoffer aus der Haustür und bestieg sein bestelltes Taxi, das zwei Minuten zuvor angekommen war. Wahrscheinlich hätte ich sein Foto, das sie mir gegeben hatte, überhaupt nicht gebraucht, denn er war eine durchaus markante Erscheinung. Er war groß und schlank mit silbergrauem Haar und einer dunklen Hornbrille. Als wir in sicherem Abstand seinem Taxi folgen, wunderte ich mich über die Fahrtroute, bis ich feststellte, dass er überhaupt nicht zum Flughafen wollte. Stattdessen ließ er sich zum Hauptbahnhof kutschieren.

Als ich ihm vorsichtig auf den Bahnsteig gefolgt war, sah ich, dass er auf den IC nach Aachen wartete, der in zehn Minuten abfahren sollte. So blieb mir gerade noch Zeit, ein Erster-Klasse-Ticket zu kaufen. Das per Internet gebuchte Flugticket nach Berlin brauchte ich jetzt zwar nicht, aber meine Reisetasche mit allem, was für die Übernachtung nötig war, hatte ich wenigstens nicht umsonst gepackt. In Aachen angekommen, fuhr er mit dem Taxi zu einem Hotel in Domnähe. Anschließend aß er in einem Restaurant in der Innenstadt und machte sich am späten Nachmittag zu Fuß auf zum Aachener Spielcasino. Dort wechselte er für einen größeren Geldbetrag mehrere Stapel Jetons ein, die er in seinen Hosentaschen verstaute. Proforma wechselte ich auch einen 50-Euro-Schein gegen Chips ein und folgte ihm abstandhaltend an einen der Roulettetische, an dem das Spiel schon im Gange war. Obwohl er sofort auf einem der Stühle am Spieltisch Platz genommen hatte, notierte er etwa 30 Minuten lang nur die Zahlen, die gekommen waren, ohne sich vorerst mit eigenen Einsätzen zu beteiligen. Als ich – dadurch neugierig geworden – meinen Stehplatz hinter den auf der gegenüberliegenden Seite sitzenden Spielern verließ und mich hinter ihn stellte, bemerkte ich erstaunt, dass er nicht die Zahl notierte, auf welche die Kugel gefallen war, sondern auf einem vorbereiteten Blatt mit den Ziffern von 1 bis 9 in der Kopfzeile jeweils in einer der zugehörigen Spalten ein Kreuzchen machte. So stellte er mich vor eine Denksportaufgabe. Obwohl es mir eigentlich völlig egal sein konnte, welches Spielsystem er praktizierte, fühlte ich mich herausgefordert, seine Notierungen nachvollziehen zu können. Mein Auftrag war zwar so gut wie abgeschlossen, um meiner Mandantin die Ursache ihrer verstörenden Wahrnehmungen schlüssig erklären zu können, aber meine Neugier war noch nicht befriedigt. Aufmerksam verfolgte ich seine Kreuzchen-Registrierung und sah, dass er, wenn die Roulettekugel auf die 13 gefallen war, ein Kreuz in der Spalte 4 machte, bei der 36 in der Spalte 9 und bei der 28 in der Spalte 1. Nachdem er mehrfach angekreuzt hatte, fiel bei mir der Groschen. Ich erkannte, dass er lediglich die Quersummen der gekommenen Zahlen notierte. Die 13 wurde dadurch zur 4, die 36 zur 9 und die 28 zur 1. Wenn nun eine dieser neun Quersummen nicht so häufig gekommen war, wie alle übrigen, setzte er so lange auf die Zahlen der noch fehlenden bis auch diese kam. Als zum Beispiel die Quersumme 6 im Rückstand war, setzte er auf vier Zahlen „plein", d. h.

auf die 6, die 15, die 24 und die 33. Bei einem Treffer bekam er das 36-fache des Einsatzes auf die betreffende Zahl bei einem Grundeinsatz von 5 Euro je Zahl gewann er, falls die betreffende Quersumme – d. h. einer der zugehörigen vier Zahlen – spätestens nach acht Spielen getroffen wurde, wenn ich richtig gerechnet hatte. Der Einsatz belief sich ja auf $4 \times 5 = 20$ Euro pro Spiel, also auf 160 Euro bei achtmaligem Einsatz. Bei einem Treffer im achten Spiel betrug die Auszahlung dann $5 \times 36 = 180$ Euro. Holt die fehlende Quersumme vor dem achten Spiel auf, ist der Gewinn entsprechend höher. Mein völlig auf sein Spiel konzentrierter Rechtsanwalt erhöhte oft nach acht vergeblichen Spielen die Einsätze, um doch noch einen Gewinn verbuchen zu können. Aber er spielte auch mit einem gewissen Limit, wie ich feststellen konnte. Dann setzte er wieder eine Weile mit seinen Einsätzen aus. Im Laufe der mindestens sechs Stunden machte er nur zweimal Pause, um an der Bar etwas zu trinken.

Soweit ich das beurteilen konnte, verließ er mit einem nicht gerade bemerkenswerten Gewinn das Casino und kehrte ins Hotel zurück. Immerhin zählte er nicht zu den Verlierern.

Als mich am Tag darauf meine Mandantin anrief, bat ich sie, am nächsten Morgen zu mir zu kommen und sagte ihr schon vorab, dass ihre Befürchtungen sich nicht bewahrheitet hätten. Sie war verständlicherweise sehr gespannt auf meine Aufklärung der von ihr bemerkten Auffälligkeiten an ihrem Ehemann. Zunächst zerstreute ich ihre konkreten Sorgen.

»Nichts von dem, worüber Sie sich Gedanken gemacht haben, hat sich bestätigt. Ihr Mann hat weder eine Geliebte noch ist der in irgendwelche kriminelle Machenschaften verwickelt. Der einzige Vorwurf, den Sie ihm machen könnten, ist der, dass er Sie offensichtlich manchmal belogen hat, wenn er vorgab, eine beruflich bedingte Reise zu machen. – Ihr Mann hat eine Leidenschaft, die er vor Ihnen geheim hält. Den Grund dafür kann ich nur vermuten. Wahrscheinlich befürchtet er, Ihren Respekt zu verlieren oder zumindest bei Ihnen auf totales Unverständnis zu stoßen und entsprechende Vorwürfe zu ernten. Vielleicht hat er auch Sorge, Sie könnten ihm sein Vergnügen verleiden. Ihr Mann hat nämlich ein – wie soll ich sagen – leidenschaftliches Hobby. Er ist fasziniert vom Roulette-Spielen und nimmt wohl hin und wieder die Gelegenheit wahr, lieber ein Spielcasino als einen Mandanten zu besuchen. Möglicherweise empfindet er das als Chance, dem Alltagsstress mal entfliehen zu können und – wie man so sagt – die Seele baumeln zu lassen.«

Ihre Verwunderung über die Auflösung des Rätsels, das sie sich nicht hatte erklären können, war gewaltig. Zunächst sah sie mich so ungläubig an, als ob ich gerade „Aladin und die Wunderlampe" als amtliche Meldung des Tages in den Nachrichten verkündet hätte. Dann schien sie im Zweifel, ob sie mir misstrauen sollte, mit ihrem Mann unter einer Decke zu stecken. Schließlich gewann ihre Einsicht die Oberhand, dass ich eine so grenzwertige Geschichte wohl kaum hatte erfinden können, um ihren Mann zu decken. Bevor sie sich von ihrer Sprachlosigkeit erholt hatte, fuhr ich mit meiner Analyse fort.

»Durch stundenlanges Sitzen beim Roulette erklären sich auch seine verschwitzten Hemden. Und die Parfümierung kommt von den neben ihm sitzenden und meist sehr stark parfümierten Damen in reiferem Alter. Wenn er gelegentlich bis spät in die Nacht Roulette gespielt hat, ist es auch kein Wunder, dass er danach reichlich übermüdet nach Hause kommt.«

»Alles, was mich so beunruhigt hat, ist also seiner Spielsucht zuzuschreiben?«

»Nachdem ich ihn nun sehr lange am Roulettetisch beobachtet habe, halte ich ihren

Mann nicht für spielsüchtig im eigentlichen Sinne. Er ist meines Erachtens vielmehr der Typ eines Spielers, der den Reiz des Glückspiels im Casino zum Ausgleich für den täglichen Berufsstress gelegentlich zu brauchen scheint. Wahrscheinlich liebt er vor allem die Atmosphäre und den Kick am Roulettetisch. Dafür spricht schon, dass er sehr diszipliniert nach einem strikten Wahrscheinlichkeitssystem spielt. Damit gewinnt man in der Regel, wenn alle Zahlen annähernd gleich häufig vorkommen, was zu etwa 80 % der Zeit der Fall ist. In der restlichen Zeit entsprechen allerdings die Ergebnisse nicht den nach den Wahrscheinlichkeitsgesetzen zu erwartenden Zahlenreihen. In diesen Phasen verliert dann ein Systemspieler mehr als er in der sogenannten Normalzeit gewinnen konnte. Sie haben ja sicher schon mal davon gehört, dass ein dutzendmal oder sogar noch häufiger hintereinander immer wieder eine schwarze Zahl gefallen ist, obwohl die Chancen von schwarz und Rot

50:50 stehen. Da ihr Mann ja nur sporadisch und nicht ständig ein Casino besucht, hat er eine gute Chance, sogar meistens zu gewinnen. Somit müssen Sie wirklich nicht befürchten, dass er sich und Sie finanziell ruinieren könnte. Vielleicht gönnen Sie ihm seinen Spaß mit seinen heimlichen Casinobesuchen und gehen davon aus, dass er sich dabei einen Ausgleich für seinen beruflichen Stress und seine Alltagsbelastung verschafft. Dazu würde ich raten. Falls Sie ihm eine Szene machen, müssten Sie auch zugeben, mich beauftragt zu haben.«

Bei meinem Eheberatungsvortrag hatte Sie geduldig zugehört und sah mich nachdenklich an.

»Ich danke Ihnen und glaube, dass Sie Recht haben.«

Als Sie gegangen war, wurde ich mir einer gewissen Komik der Art und Weise bewusst, wie ich ihren Mann charakterisiert hatte. Für einen Pastor wäre das angebrachter gewesen. Was soll's, vielleicht hatte ich dadurch den Ehefrieden gerettet.

Kapitel 7

Mein Beruf stellt mich immer wieder vor andersartige Herausforderungen und Situationen. Genau das mochte ich. Natürlich war auch vieles Routine, aber sehr oft musste ich auch völlig neue Strategien entwickeln. Dabei lernte ich ständig hinzu und machte neuartige Erfahrungen. Für die zurzeit größte Herausforderung fehlte mir allerdings immer noch ein passendes strategisches Konzept. Ohne meine tägliche Arbeit – den Kleinkram, wie sie es genannt hatte – zu vernachlässigen, behielt ich Robert Weissenberg im Auge, um bei den ersten Anzeichen von Gefahr im Verzuge für sie den Schutzengel spielen zu können.

Eines Morgens stand ein sorgenvolles Elternpaar vor meinem Büro. Wie lange sie dort schon auf mich gewartet hatten, erfuhr ich nicht. Nachdem ich sie begrüßt und herein gebeten hatte, entschuldigte er sich für den Überfall.

»Ich habe schon mehrfach vergeblich versucht, Sie telefonisch zu erreichen. Da haben wir uns entschlossen, Sie in Ihrem Büro aufzusuchen. Wir haben Kummer mit unserem Jungen. Er ist 14 und wird seit einiger Zeit von zwei türkischen Mitschülern seiner Gesamtschule nicht nur gemobbt, sondern bedroht und beraubt. Sie haben von ihm wiederholt Geld erpresst und ihm zuletzt sogar sein neues Smartphone abgenommen. Jetzt haben wir uns entschlossen, Sie um professionelle Hilfe zu bitten.«

»Wie lange wird Ihr Sohn denn schon von diesen Kriminellen abgezockt?«

Der Vater zuckte hilflos mit den Achseln.

»Ganz genau wissen wir das nicht. Jedenfalls schon eine ganze Weile, bevor sich Daniel uns endlich offenbart hat.«

»Welche Vorstellungen haben Sie denn davon, wie ich Ihrem Sohn helfen soll?«

»Wir haben gedacht, Sie könnten ihn vielleicht sozusagen als Bodyguard eine Zeit lang von der Schule nach Hause begleiten.«

»Warum haben Sie eigentlich nicht zuerst die Schulleitung oder die Polizei verständigt?«

»Daniel wollte das nicht. Er meinte, sie streiten doch alles ab und lassen ihn dafür büßen.«

»Zunächst muss ich Ihnen sagen, dass Ihr Einfall mit dem Begleitschutz für Ihren Sohn aus verschiedenen Gründen keine gute Idee ist. Ein Personenschutz auf ungewisse Dauer ist nicht nur sehr zeitaufwendig und für Sie sehr kostspielig, sondern wäre auch für Ihren Sohn keine echte Hilfe. Ich bin nämlich sicher, dass er das erpresste Geld leichter verschmerzen kann, als die ständige Demütigung und das Gefühl der Hilflosigkeit. Durch die Scham, sich gegen die Abzocker nicht wehren zu können, leidet seine Selbstachtung. Diese muss er zurückgewinnen. Nur darin liegt die Lösung seines Problems. Um ihm einen guten Rat geben zu können, muss ich ihn kennenlernen und mit ihm sprechen. Schicken Sie Ihn bitte morgen Nachmittag – sagen wir: so gegen 15:00 Uhr – zu mir.«

Sie verabschiedeten sich im Vertrauen darauf, dass mir etwas einfallen würde, ihr Problem zu lösen.

Als Daniel zu mir kam, war ich zunächst überrascht. Er war weder klein noch schwächlich und machte einen sehr aufgeweckten Eindruck. Aber dieser nette blonde Junge war die personifizierte Harmlosigkeit und damit prädestiniert zum Mobbingopfer.

»Guten Tag! Meine Eltern haben Ihnen ja schon mein Problem geschildert. Was soll ich also tun?«

»Vielleicht erzählst Du mir erst einmal etwas über Dich und wie sich die Attacken auf Dich abspielen.«

Er erzählte von den Bedrohungen und der ständigen Abzocke, ohne etwas zu beschönigen beziehungsweise seine Opferrolle klein zu reden. Er war liebevoll erzogen worden, intelligent und ein guter Schüler. Mit seinem friedfertigen Charakter war er als Softy den beiden kriminellen Rabauken nicht gewachsen, obwohl er durchaus sportlich war und einer der schnellsten Hundertmeterläufer seiner Schule, wie er beiläufig erwähnte. Skeptisch und mutlos zugleich sah er mich an.

»Raten Sie mir jetzt zu Kampfsporttraining oder können Sie mir Selbstverteidigungstricks beibringen?«

»Das würde zu lange dauern, Daniel. Du brauchst aber einen schnellen Erfolg.«

Bei unserem Gespräch war mir sofort klar geworden, dass ich wohl in erster Linie als Psychologe gefordert sein würde.

Enttäuscht sah er mich an. Hatte er doch offensichtlich einen martialischen Ratschlag von mir erwartet.

»Schau mich nicht so verdutzt an! Ich habe schon eine Idee. Ich muss Dir vorher etwas erklären. Diese Kriminellen haben Dich ausgesucht, weil Du ein lohnendes Ziel bist, und sie von Dir keine Gegenwehr befürchten. Solche Typen suchen sich bewusst nur schwache Opfer aus, weil sie selber nicht mutig genug sind, sich mit wirklich wehrhaften Gegnern anzulegen. Das bedeutet, sie besitzen so etwas wie eine Raubtiermentalität. Auch Raubtiere, wie zum Beispiel Löwen, sind keineswegs so bedenkenlose Draufgänger, als die sie in Filmen bei Jagdszenen oft dargestellt werden. Wenn sie eine größere Beute jagen, die sich mit Hörnern und Hufen verteidigen kann, sind sie ausgesprochen vorsichtig. Wenn sie nämlich durch die Gegenwehr des Beutetieres ernsthaft verletzt werden, kann diese gravierende Verletzung ihr Todesurteil bedeuten. Eine Verletzung, die eine erfolgreiche Jagd nicht mehr zulässt, führt dazu, dass sie danach verhungern müssen.«

Daniel war verblüfft durch meinen Exkurs in die Zoologie, aber sichtlich gespannt auf die daraus resultierende Quintessenz.

»Was ich Dir damit erklären will, ist, dass Du Dich mit einem psychologischen Trick, d. h. mit einem Bluff wehren solltest. Du musst überzeugend versuchen, Ihnen Angst zu machen und zu beweisen, dass Du keineswegs so harmlos bist, wie sie geglaubt haben, wenn Du erst mal richtig wütend wirst. Jetzt sah er mich an wie ein Kaninchen, dass eine Klapperschlange das Fürchten lehren soll.«

»Wie stellen Sie sich das denn bloß vor?«

Ich merkte ihm an, dass er begann, an meinen Verstand zu zweifeln.

»Hör mir genau zu. Wir werden uns eine Strategie überlegen, bei der Du mit dem Überraschungsmoment auf Deiner Seite einfach den Spieß umdrehst. Wichtig ist dabei, dass Du Dich genau an meine Anweisungen hältst.

Wenn Sie Dich das nächste Mal abzocken wollen, schlägst Du dem Rädelsführer wortlos direkt mit der Faust mitten auf die Nase. Dabei solltest Du am besten so hart zuschlagen, dass er blutet. Ehe er sich von Deinem Schlag erholt hat, ziehst Du ein großes Messer mit langer Klinge, das ich Dir besorgen werde, gehst einen Schritt auf ihn zu und drohst ihm:

„Ich habe jetzt endgültig die Schnauze voll

von Dir. Es ist eine Frage der Ehre. Wenn

Du Dich mir noch einmal in den Weg stellst,

wirst Du bluten, das schwöre ich Dir! Und

jetzt verpisst Euch!" Dabei siehst Du ihm zu

allem entschlossen in die Augen. «

Er war sprachlos und sah mich ängstlich an. »Das kann ich nicht, stotterte er.«

»Pass auf, Du brauchst keine Angst zu haben. Du musst es nur so einrichten, dass sie Dich wieder an der üblichen Stelle auf Deinem Nachhauseweg anmachen. Dort werde ich in meinem am Straßenrand geparkten Auto sitzen und Dir sofort zu Hilfe kommen, wenn etwas schiefgeht. Du musst nur dieses eine Mal mutig sein, um anschließend für immer in Ruhe gelassen zu werden.«

»Und was ist mit seinem Kumpel?«

»Ich garantiere Dir, dass Du nach Deiner Aktion von diesem nichts zu befürchten hast. Der wird viel zu erschrocken sein und sich gleich vom Acker machen.«

»Sind Sie ganz sicher, dass es auch klappt?«

Er war sehr beunruhigt und sah mich zweifelnd an.

»Verlass Dich drauf! Du musst nur genau das tun, was ich Dir jetzt sage.«

»Wenn Du das Messer gezogen hast, musst Du unbedingt einen Schritt weiter auf ihn zugehen und darfst Dich keinesfalls in die Defensive zurückziehen.

Zweitens musst Du das Messer stoßbereit ganz fest in der Hand halten und eine zu allem entschlossene Miene machen.

Drittens musst du so lange stehen bleiben, bis sie verschwunden sind.

Wichtig ist auch, dass Du Dir den Satz, den ich Dir eben vorgesagt habe, genau einprägst. Du musst ihn genauso sagen, um die beabsichtigte Wirkung zu erreichen. Denke einfach, Du wärst ein Schauspieler in einem Film mit diesem Text.

Es kann auch nicht schaden, wenn wir gleich einmal den richtigen finsteren Blick dazu einüben.

Zu Deiner Beruhigung verspreche ich Dir auch, die nächsten Tage Deinen Nachhauseweg noch zu überwachen, um sicherzugehen, dass Du nicht mehr belästigt wirst. Außerdem werde ich Dir Pfefferspray für alle Fälle besorgen und im Zweifelsfall vertraust Du Deinen schnellen Beinen. Ich rechne allerdings nicht mit Komplikationen. Andernfalls kommst Du wieder sofort zu mir und ich kümmere mich darum.«

»Wann geben Sie mir denn das Messer?«

»Direkt morgen vor Schulbeginn. Du musst es zunächst in Deiner Schultasche unterbringen. Nach Schulschluss kannst Du es in der Toilette am Gürtel festmachen und nach Deinem Auftritt gibst Du es mir sofort zurück.«

»Ja in Ordnung, ich habe alles begriffen.«

»Wenn Du jetzt nach Hause gehst, erzähle Deine Eltern bitte nichts von unserem Plan. Er würde ihnen zu riskant erscheinen und sie nur erschrecken.«

Am Nachmittag besorgte ich das Messer mit einer wuchtigen fast 20 cm langen gezackten Klinge mit Lederscheide, die man mit Schlaufen am Gürtel befestigen konnte.

Dazu besuchte ich ein Fachgeschäft für Schiffsartikel und Segelbedarf. Dieses hatte

u. a. neben Messern und Dolchen sogar diverse Schwerter im Angebot.

Am folgenden Morgen übergab ich Daniel das Messer, als er sein Elternhaus verließ und machte ihm noch mal Mut.

Nachmittags nach Schulschluss lief fast alles so ab, wie wir es geplant hatten. Bis auf die Tatsache, dass Daniel dem Abzocker nicht so hart auf die Nase schlug, wie wir es besprochen hatten, hielt er sich exakt an unser Drehbuch. Das gezeigte riesige Messer und sein grimmiger Gesichtsausdruck, den wir eingeübt hatten, reichten aus, um seinen Kontrahenten so einzuschüchtern, dass er den Rückzug antrat. Mit dem Messer in der Hand blieb Daniel – wie ich ihm gesagt hatte – noch so lange dort stehen, bis die beiden kriminellen Abzocker verschwunden waren. Anschließend stieg er zu mir ins Auto, gab mir das Messer zurück und ließ sich nach Hause fahren.

Ich lobte ihn für seine Vorstellung. Er machte einen wirklich zufriedenen Eindruck. Ich sah ihm an, dass er stolz war, mutig gewesen zu sein und sich behauptet zu haben.

Nachdem ich in den folgenden 14 Tagen stichprobenartig seinen Heimweg überwacht hatte, und keine weitere Belästigung stattfand, war ich beruhigt.

Seine Eltern waren mir wirklich sehr dankbar und zahlten mir außer meiner Rechnung noch von sich aus eine Erfolgsprämie. Wie viel er Ihnen über unsere kleine Inszenierung verraten hatte, blieb mir verborgen.

Kapitel 8

Meine weiteren Bürotage verliefen ohne besonders erwähnenswerte Vorfälle. Mein morgendliches Zeremoniell blieb stets gleich. Ich hörte den Anrufbeantworter ab, machte mir Kaffee und las in Ruhe die Tageszeitung.

Zuvor hatte ich nie daran gedacht, mich politisch zu engagieren, aber politisch interessiert war ich durchaus. Bei meiner morgendlichen Zeitungslektüre konnte ich die Unzufriedenheit meiner Mitbürger auf die Politiker nachvollziehen. Was man täglich lesen musste, war wirklich wenig dazu angetan, Optimismus zu entwickeln. Den bisherigen Entwicklungen im 21. Jahrhundert lässt sich nicht viel Positives abgewinnen, außer der Tatsache, dass es den Menschen hier wirtschaftlich gut geht. Aber trotzdem existieren konkrete Zukunftsängste. Das Vertrauen in den Staat nimmt offensichtlich ab. Der Rechtsstaat erscheint vielfach überfordert, und das Sicherheitsgefühl der Bürger schwindet merklich. Straftaten erreichen neue Dimensionen. Einbruchserien, Straßenraub, Gewaltexzesse, sexuelle Übergriffe und die Sprengung von Bankautomaten ängstigen die Menschen zunehmend.

Durch die sogenannte Flüchtlingswelle ausgelöste Befürchtungen sind verständlich. Der blauäugige Spruch „Wir schaffen das" spottet der Tatsache, dass die Integrationsbemühungen bereits in der Vergangenheit krachend gescheitert waren. Die Bildung kopfstarker krimineller arabischer Familienclans, die Entstehung von No-Go-Areas, Scharia-Richter, Moscheen mit Hasspredigern, die Islamisten rekrutieren, sowie die Zusammenrottungen muslimischer Einwohnergruppen gegen Polizei und Rettungskräfte sind Beweis genug.

Wie eine Entkriminalisierung dieser ausländischen Familienbanden und Parallelgesellschaften sowie Versuche einer Bildungsintegration von Kindern aus diesem Milieu ins

Leere laufen, haben die Berliner Richterin, Frau Heise, und der Bezirksbürgermeister Buschkowski wohl hinreichend dokumentiert. Diese Probleme, denen unser freiheitlicher Rechtsstaat schon bisher weitgehend hilf- und ratlos gegenüberstand, haben sich durch den Zustrom meist muslimischer Migranten natürlich verschärft, einmal ganz abgesehen von der Einschleusung islamistischer Terroristen.

Eines der schon bisher wohl größten Integrationshindernisse ist die fehlende Sprachkompetenz. Unfähig oder unwillig, Deutsch zu lernen, leben viele Migranten seit Jahrzehnten in einer anderssprachigen Parallelkultur, d. h. in einem Lebensumfeld mitten in Deutschland, in welchem sie sich ausschließlich ihrer Muttersprache bedienen müssen.

Somit sind die Integrationsschwierigkeiten in Deutschland nicht mit denen Frankreichs zu vergleichen. Die dortigen Migranten kommen – infolge der französischen Kolonialvergangenheit – überwiegend aus afrikanischen Ländern, in welchen Französisch Landessprache war. Vergleichbares gilt für England. Und wenn ein deutscher Bundespräsident erklärt, dass der Islam zu Deutschland gehört, dann gehören damit auch Frauendiskriminierung, Zwangsverheiratungen und Ehrenmorde zu Deutschland. Wer verleugnet, dass der Islam in unserer durch christlich-jüdische Traditionen geprägten Gesellschaft unserer zivilisatorischen und kulturellen Identifikation widerspricht, verleugnet die Realität. Selbstverständlich wird kein vernünftiger Mensch den Islam mit dem IS-Terror gleichsetzen. Aber genauso klar ist doch wohl, dass ohne den Islam diese Mörderbande undenkbar wäre. Das gilt auch für die übrigen islamistischen Terrororganisationen in aller Welt, die sogar Kinder – wie zuletzt in Afrika achtjährige Mädchen – mit Sprengstoffgürteln als Selbstmordattentäter missbrauchen. Eine Religion, die als ursprüngliche Zielsetzung die Weltherrschaft und die Vernichtung der Ungläubigen propagiert hat, ist mit unserer Zivilisation nicht kompatibel.

Wahrscheinlich wollen sich viele auch nicht mehr an Reaktionen eines gewissen türkischen Mobs in Duisburg erinnern, der den mörderischen Terroranschlag auf die New Yorker Tower johlend bejubelte. In den seinerzeit ausgestrahlten Fernsehbildern war zu sehen, dass dieser Massenmord an unschuldigen Menschen als Sieg des Islam über die dekadente westliche Welt gefeiert wurde.

Mir fällt außerdem auf, dass sich die religiösen Autoritäten des Islam bei der Vielzahl der Selbstmordattentate immer vor klaren Aussagen beziehungsweise einer eindeutigen geistlichen Bewertung drücken. Mehr als angebracht wäre doch eine offizielle Verurteilung mit der eindeutigen Maßgabe, dass jeder Selbstmordattentäter, oder Mörder zur Hölle fährt und sich nicht einbilden darf, oben von 42 Jungfrauen beglückt zu werden.

Wenn dann noch ernsthaft diskutiert wird, statt St. Martin ein neutrales „Lichterfest" zu feiern, um keine islamischen Gefühle zu verletzen, frage ich mich wirklich, wer zum Teufel eigentlich verpflichtet ist, sich anzupassen.

Zu dem Streitthema der Ausländerkriminalität wird von den Verfechtern der Political Correctness nur insoweit mit Statistiken argumentiert, als diese nützlich sind. Dass die Kriminalität allgemein infolge der unkontrollierten Osterweiterung durch die EU und den starken Zuzug von Flüchtlingen und Asylbewerbern gestiegen ist, wird zwar zugegeben, aber verharmlosend damit erklärt, dass überproportional viele junge alleinreisende Männer zugewandert seien. Diese Gruppe weise überall die höchste Kriminalitätsziffer auf. Insofern hätte das nichts mit deren Herkunft zu tun. Differenziert man aber statistisch nach Nationalitäten, so ergibt sich ein ziemlich eindeutiges Bild. Von vielleicht rund 200 verschiedenen Nationalitäten in Deutschland stellen nicht einmal 10 % den Großteil der Straftäter. Dabei wiederum dominieren unter anderem Täter türkisch-kurdischer, nordafrikanischer, osteuropäischer oder arabisch-libanesischer Herkunft.

Auch besonders grausame Straftaten gegen Frauen dürften vielfach aus der Diskriminierung der Frau durch den Islam resultieren.

Es ist wohl nicht zu bestreiten, dass neben der Herkunft auch der kulturelle und soziale Hintergrund eine Rolle spielen. So hat zum Beispiel in Düsseldorf mit rund 6000 japanischen Einwohnern, noch nie ein straffälliger Japaner vor Gericht gestanden.

Wichtige Integrationskriterien sind zweifellos auch Intellekt und Bildung, auch wenn das aus Gründen der vermeintlichen Political Correctness bestritten wird. Das geht so weit, dass zum Beispiel die Sarrazin-Kritiker die Vererbungslehre nicht akzeptieren und nicht wahrhaben wollen, dass auch der IQ genetisch bedingt ist. Im statistischen Durchschnitt haben eben ungebildete dumme Eltern auch dümmere Kinder.

Das größte Ärgernis unseres Rechtssystems ist nach meiner Ansicht, dass Gewaltstraftaten sehr oft viel nachsichtiger bestraft werden als Vermögens- oder Eigentumsdelikte. Während Steuerhinterzieher zu längeren Freiheitsstrafen, d. h. mit Gefängnis, bestraft werden, kommt ein Gewalttäter häufig und sogar wiederholt mit einer Bewährungsstrafe davon. Einer gesellschaftlichen allgemeinen Ächtung der Gewaltdelikte müsste in jedem Fall mit einer Gefängnisstrafe ohne Bewährung Geltung verschafft werden. Ansonsten verliert der Bürger sein Vertrauen in Rechtsordnung und Gerechtigkeit. Zu einer Bewährungsstrafe verurteilte Gewalttäter verlassen zu oft lachend mit Victory-Zeichen, das Gericht.

Auf den massenhaften unkontrollierten Zuzug von Flüchtlingen und Asylbewerbern lässt sich übrigens Churchills Kommentar über das gemischte Publikum bei den britischen Galopprennen sinngemäß übertragen, wenn er sagte: „Nicht alle Besucher von Galopprennen sind Gauner, aber diese sind stets dort vollzählig vertreten".

So werden auch die Kriminellen als erste die Chance genutzt haben, im Migrantenstrom mitzuschwimmen.

Bei meiner morgendlichen Zeitungslektüre ärgere ich mich regelmäßig über die Politik und Diskussion der internationalen Organisationen. EU und UNO versagen ständig bei wichtigen weltpolitischen Fragen. So streiten internationale Gremien und Konferenzen hauptsächlich um den Umweltschutz. Statt sich um lächerliche Gradzahlen zu streiten, müssten sie sich viel dringender um das Menschheitsproblem Nr. 1 kümmern: die rasant wachsende Übervölkerung. Es scheint mir, dass dieses Thema auch aus

Gründen der Political Correctness zum Tabu erklärt wurde.

Die derzeitigen globalen Flüchtlingsströme sind zweifellos erst der Anfang globaler Wanderungsbewegungen. Ich hatte gelesen, dass etwa ab 1830 die Bevölkerungsexplosion auf unserem Planeten begonnen hat. Zunächst noch sehr moderat, aber ab Anfang des 20. Jahrhunderts mit überproportionalen Wachstumsraten. Von zurzeit 7,5 Milliarden Menschen wird die Weltbevölkerung in den kommenden Jahrzehnten auf 10 und mehr Milliarden anwachsen. Sie wird dann in weiten Teilen der Erde keine ausreichenden Lebensgrundlagen mehr finden. Ernährung und Wasserversorgung werden noch problematischer und es wird eine Migration in die wohlhabenden Länder einsetzen, gegen die die heutige Flüchtlingswelle eine Lappalie ist.

Dabei dürfte es zu erbitterten Auseinandersetzungen um die lebenswichtigen Ressourcen kommen. Deshalb müsste es Priorität haben, die Bevölkerungsexplosion zu stoppen. Dieses Ziel steht allerdings auf keiner Tagesordnung. Schlimmer noch: fast alle sind dagegen. Ob Vatikan oder Islam sowie die Mehrzahl der Völker dieser Erde aus nationalen Egoismen.

Die unkontrollierte Produktion von Umweltschadstoffen erscheint mir als weit kleineres Problem als die hemmungslose und unverantwortliche Massen-produktion von immer mehr Menschen auf unserem Planeten. Ein kausaler Zusammenhang dieser beiden Phänomene liegt ja wohl auf der Hand.

Angesichts der globalen Probleme frage ich mich, ob die Politiker dieser Welt auch nur das Geringste zu ihrer Lösung in Zukunft zuwege bringen werden.

Eine UNO, die hilflos quatschend den derzeitigen Massakern und Kriegsgräueln zusieht sowie eine EU, die sich auf keine gemeinsame Politik verständigen kann, dafür ständig ihre eigenen Regeln bricht, geben ein jämmerliches Bild ab.

Obwohl ich mir natürlich darüber völlig im Klaren bin, dass meine politische Bestandsaufnahme sofort als rechtspopulistisch sowie ausländer- und EU-feindlich abgestempelt würde, vertraue ich unbeirrt logischen Argumenten.

Als ausgesprochener Individualist misstraue ich jeder ideologischen Beeinflussung. Gegebenenfalls ist mir mein eigener Irrtum immer noch bedeutend lieber, als ein allgemeines wohlfeiles „Fast-Food-Denkmuster" kritiklos zu akzeptieren, selbst wenn dieses sich als richtig erweisen sollte.

Dabei denke ich oft an den Ausspruch eines ehemaligen NRW-Ministerpräsidenten auf die Frage, ob er stolz sei, Deutscher zu sein. Die wohlfeile Antwort war, man könne nur auf das stolz sein, was man selbst geleistet hätte. Natürlich Beifall von allen Seiten. Für mich gehört allerdings diese Äußerung eindeutig in die Kategorie „Unsinn".

Der Mensch bezieht schließlich als soziales Wesen sein Selbstverständnis weitgehend auch aus seiner nationalen Identifikation. Und selbstverständlich darf man als Deutscher auch stolz sein auf deutsche Kultur, Dichter, Musiker und Nobelpreisträger. Außerdem wird kein vernünftiger Mensch bestreiten wollen, dass es auch legitim ist, wenn Eltern auf Leistungen ihrer Söhne und Töchter stolz sind.

Nähme man dieses Statement nämlich ernst, so würde es auf der anderen Seite bedeuten, dass man sich auch nur für eigene Taten schämen müsse. Das sehe ich allerdings ganz anders. Ich bin davon überzeugt, dass sich sehr wohl jeder Deutsche wegen des Massenmordes an der jüdischen Bevölkerung im Dritten Reich zutiefst schämen muss, auch wenn er erst danach geboren wurde. Ich jedenfalls schäme mich, wenn ich täglich über die „Stolpersteine" aus Messing vor den ehemaligen Wohnhäusern jüdischer Mitbürger gehe und ihre Namen dort lese.

Mittlerweile müssten alle Menschen gegen Diktatur und Verfolgung beziehungsweise Missachtung der Menschenrechte ausreichend sensibilisiert sein.

Deshalb fehlt mir auch jegliches Verständnis dafür, dass die demokratischen Parteien die Kommunisten der "Linken" nach den Erfahrungen mit der DDR wieder hoffähig gemacht haben. Diese Erben des Mauermördersystems, von Wolf Biermann zu Recht als Drachenbrut tituliert, sollten in unseren Parlamenten keinen Platz haben. Mögen sie noch so viel Kreide fressen, ihre Verteidigung der DDR-Diktatur ist entlarvend. Wer schon einmal im Ostberliner Stasigefängnis in Berlin-Hohenschönhausen die Leidensgeschichten ehemals dort Inhaftierter gehört hat, ist schlicht sprachlos, wenn „Die Linke" behauptet, die DDR sei kein Unrechtsstaat gewesen. Das einzige Vergehen der von der Stasi Verhafteten war die beabsichtigte „Republikflucht" aus dem Regime, dass seine Bürger eingesperrt hatte.

Sollte Deutschland tatsächlich künftig von Rot-Rot-Grün regiert werden, sehe ich für unsere Wirtschaft nur noch schwarz. Überall auf der Welt hat der Sozialismus die Volkswirtschaften ruiniert. Dies haben sogar China und Russland mit der Freigabe der Privatwirtschaft erkannt. Und nur so ist der wirtschaftliche Aufschwung dieser Länder erklärbar.

Es war schon paradox, dass ich mit meiner ausgesprochenen „Law-and-Order-Einstellung" ernsthaft erwog, einen Mitmenschen ins Jenseits zu befördern. Schließlich gab es auch genügend rechtliche Möglichkeiten, einen missliebigen Partner loszuwerden, auch wenn es mit finanziellen Verlusten verbunden war.

Vielleicht diente mir aber auch die Diagnose der Zeit, in der ich lebe, als gewisse Rechtfertigung für das, was ich möglicherweise tun werde. Ich legte schließlich wenig Wert darauf, mich in einer defizitären und korrupten Welt nach dem Moralapostel-Kodex zu verhalten. Wenn schon alles den Bach runtergeht, ist sich jeder selbst der Nächste. Und für Heiligenscheine hatte ich auch noch nie viel übrig.

Eine gewisse Rechtfertigung sah ich zudem in der Erfahrung, dass nicht wenige (weibliche) Opfer trotz mehrfacher Anzeige eines gefährlichen Stalkers und anschließend gerichtlich ausgesprochener Annäherungsverbote letztlich doch von dem jeweiligen Beziehungstäter ermordet worden waren, ohne dass der Rechtsstaat sie hatte schützen können.

Kapitel 9

Es verstrich Woche um Woche und ich musste zugeben, dass ich abgesehen von der Beschaffung einer uralten Pistole noch nicht viel Konstruktives zur Vorbereitung des Millionenjobs geleistet hatte. Die Vorstellung, mein Opfer abends zum Beispiel auf dem Parkplatz zum Tennisclub zu erschießen, erschien nicht nur zunehmend absurd, sondern komplizierter, als ich mir ursprünglich vorgestellt hatte. Wohin müsste ich schießen, um tödlich zu treffen. In alten Mafia-Streifen schoss der Killer meistens zweimal in die Brust und danach in den Kopf.

Als geringstes Problem erschien mir dabei noch das Auflauern in der Dämmerung und die unerkannte Flucht im Schutz der Hecken. Ich brauchte mein Auto nur in sicherer Entfernung zum Tennisclub zu parken, um danach schnell zurückzulaufen.

Meine Zweifel und meine Skrupel war mittlerweile so intensiv, dass ich eigentlich hoffte, durch einen glücklichen Zufall oder ein Wunder von meinem Auftrag entbunden zu werden. Er bekam eine immer albtraumhaftere Dimension. Bei aller Faszination meiner Mandantin und der verführerischen finanziellen Verlockungen kam ich immer mehr zu der Überzeugung, dass der Deal mich überforderte. Nur der Gedanke, dass ich eine endgültige Entscheidung schließlich noch aufschieben konnte, beruhigte mich etwas.

Ich müsste allerdings lügen, wenn ich behaupten wollte, dass mich dieser mörderische Pakt nicht ständig beschäftigt hätte; latent und zumindest in meinem Unterbewusstsein war er allgegenwärtig.

So begrüßte ich jede Ablenkung durch normale Aufträge, die mich in Anspruch nahmen.

Mit einem Anruf begann ein interessanter Auftrag, der intensivere Nachforschungen erforderte.

»Guten Morgen Herr Harper, Marie-Luise Sommer, ich möchte mit Ihnen möglichst bald einen Termin vereinbaren«, sagte die Dame, nachdem ich meinen Namen genannt hat.

Frau Sommer war um die fünfzig, augenscheinlich gut situiert und kosmetisch überaus sorgfältig restauriert.

»Ich möchte Sie bitten, einmal die Lebensverhältnisse eines guten Bekannten zu überprüfen, mit dem ich mir eine feste Partnerschaft vorstellen könnte. Obwohl wir schon eine gewisse Liaison eingegangen sind und uns sehr gut verstehen, weiß ich bis heute nur das von ihm, was er mir erzählt hat. Ihre Nachforschungen dürfen Sie natürlich nur mit höchster Diskretion durchführen. Er darf unter keinen Umständen einen Verdacht schöpfen, dass ich ihm nachspionieren lasse.«

»Ich verstehe. Sie haben sich in diesen Mann verliebt und wollen sicher sein, dass er es ehrlich meint.«

Ich sah sie verständnisvoll an und sie räusperte sich kurz und überlegte, wie sie mir ihre Situation nachvollziehbar schildern konnte.

»Ja, das stimmt insofern. Vielleicht erzähle ich Ihnen erst mal, wie wir uns kennengelernt haben und was ich von ihm weiß. Wenn Sie die Geschichte unserer Bekanntschaft hören, werden Sie mein Anliegen verstehen können.

Ich hatte ihn schon zwei- oder dreimal in meinem Stammcafé auf der Kö gesehen. Jedes Mal war er solo. Er war stets repräsentativ gekleidet und sieht mit seinen graumelierten Schläfen sehr gut aus. Ein attraktiver Mann in den besten Jahren ohne Ehering, wie ich feststellte, als er mich ansprach und bat, sich zu mir setzen zu dürfen. Er sagte, ich sei ihm schon neulich aufgefallen. Und aufgrund der Tatsache, dass er mich auch da nicht in Begleitung gesehen habe, hätte er sich jetzt ein Herz gefasst, mich anzusprechen. Er säße nicht gerne allein und würde sich über etwas Konversation freuen. So kamen wir ins Gespräch, ich erzählte ihm, dass ich seit sieben Jahren verwitwet bin und Gott sei Dank keinerlei finanzielle und gesundheitliche Sorgen hätte. Er stellte sich als Joachim Hogstetten vor und ich erfuhr, dass er Lufthansa-Pilot ist. Im Laufe unserer Unterhaltung erwähnte er, dass er in zwei Jahren pensioniert würde und dann gerne sesshaft werden möchte. Infolge seines unsteten Berufslebens als Flugkapitän hätte er bisher nie daran gedacht, zu heiraten oder eine Familie zu gründen.

Dieser Nachmittag im Café war für mich der kurzweiligste seit Jahren. Er erzählte so viel Interessantes von den Destinationen seiner Langstreckenflüge und seinen Erlebnissen, dass ich mich wie ein Schulmädchen in ihn verliebte. Zumal ich das Gefühl hatte, dass er mich auch nicht unattraktiv fand und sich in meiner Gesellschaft wohlfühlte. Er schlug ein Wiedersehen vor, machte mich aber darauf aufmerksam, dass er am nächsten Tag wieder einen Transatlantikflug habe und erst am Wochenende wieder zurück sei.«

Um sie nicht zu unterbrechen, schwieg ich bei ihrer Geschichte und sah sie nur weiter erwartungsvoll an.

»Tatsächlich stand er Sonntagvormittag überraschend in Uniform mit seinem Pilotenkoffer in der Hand vor meiner Tür. Er sagte, er sei eben erst zurückgekommen und lud mich zu einem Brunch in seinem Hotel ein. Dabei gestand er mir, dass er mittlerweile die ständigen Hotelaufenthalte satt habe. Zurzeit wohne er während der flugfreien Zeiten in einem kleinen Apartment in Frankfurt. Nach der Pensionierung hätte er vor, nach Hamburg zu ziehen, da er die Hansestadt mit ihrer Nähe zum Meer besonders schätze. – An diesem Abend übernachtete er nicht im Hotel, sondern bei mir. Er erwies sich als echter Gentleman und sehr einfühlsamer Partner. Seit nunmehr drei Monaten besucht er mich regelmäßig, wenn er nach seinen Flügen in der Stadt ist, und ich bin seit langer Zeit wieder glücklich.

Vor ein paar Wochen teilte er mir mit, dass er in Hamburg einen Makler beauftragt habe, für ihn ein Haus zu suchen. Bei dieser Gelegenheit fragte er mich, ob ich mir vorstellen könnte, nach seiner Pensionierung mit ihm nach Hamburg zu ziehen, oder ob er damit von mir ein zu großes Opfer verlangen würde. Schließlich verlöre ich meine sozialen Kontakte und müsste meine vertraute heimatliche Umgebung aufgeben.

Für eine gemeinsame Zukunft mit ihm wäre ich allerdings sofort bereit, mein bisheriges Leben aufzugeben.

Vor zehn Tagen erzählte er mir hocherfreut, dass der Makler ein Haus gefunden habe, dass genau seinen Vorstellungen entspräche und das er kaufen könne.

Das von ihm auf mein Smartphone hochgeladene Foto dieser Villa an der Elbe machte auch einen wirklich stattlichen Eindruck. Er versicherte mir auf meine Frage, dass die Finanzierung für ihn unproblematisch sei. Er habe lange genug dafür gespart und würde den fehlenden Rest mit einem Bankkredit abdecken. Schließlich böte seine Lufthansa-Pension ausreichende Sicherheit. Nach einem Besichtigungstermin in Hamburg und den anschließenden Kaufverhandlungen sowie einem Banktermin in der Hansestadt rief er mich umgehend an und klang etwas enttäuscht. Es gäbe noch ein Problem. Auf meine Nachfrage sagte er, er wolle mir die Einzelheiten nicht am Telefon erklären, sondern bei unserem nächsten Treffen persönlich.

Als er mich kurz darauf besuchte, erfuhr ich, weshalb der Kauf noch nicht zustande gekommen war. Obwohl er einen Eigenanteil von 450.000 Euro aufbringen könnte, wäre die Bank nicht bereit, ihm einen Kredit für die restliche Finanzierung zu geben, sondern wollte nicht über ein Kreditangebot von 200.000 Euro hinausgehen.

Man habe ihm erklärt, dass seine zu erwartende Pension zwar zu Lebzeiten eine ausreichende Sicherheit böte. Aber da er dann in dem Alter sei, in welchem das Herzinfarktrisiko relativ hoch zu veranschlagen ist, wäre man gehalten, die Kreditsumme entsprechend zu begrenzen. Mit der fraglichen Kreditsumme sei man schon ans Limit gegangen.

Da die verlangte Kaufsumme sich auf 730.000 Euro beliefe, ergebe sich noch eine Finanzierungslücke von 80.000 Euro. – Langer Rede kurzer Sinn war seine Frage, ob ich nicht die restlichen 80.000 Euro beisteuern könnte. Er habe sich nun mal in dieses Haus verliebt und hätte keine Lust, nach einem anderen zu suchen. Grundsätzlich wäre ich auch dazu bereit, mich finanziell zu beteiligen, aber ich möchte mich nicht auf Teufel komm raus ausschließlich auf das verlassen, was er mir erzählt hat.«

»Ich verstehe. Sie möchten, dass ich diskrete Nachforschungen zur Person und dem zum

Verkauf stehenden Haus in Hamburg an-
stelle.«

»Ja bitte, aber unbedingt so, dass niemand
darauf aufmerksam wird.«

»Darauf können Sie sich verlassen. Dazu
brauche ich die Adresse der Hamburger Villa und seine Frankfurter Meldeanschrift.«

»Die genaue Adresse des Hauses, das ich
Ihnen vorhin gezeigt habe, kann ich Ihnen
geben, aber wo sein Apartment in Frankfurt
ist, weiß ich nicht.«

»Haben Sie vielleicht seinen Personalausweis mal gesehen?«

»Nein, auch keine anderen Ausweispapiere
von ihm.«

»Falls er – wie Sie vielleicht befürchten – ein
Heiratsschwindler ist, könnte der genannte
Name einer von mehreren Falschnamen
sein, die er benutzt.«

Sie sah mich so erschrocken an, dass ich sofort versuchte, sie zu beruhigen.

»Wahrscheinlich hat ja alles seine Richtigkeit, und Ihre Sorge ist ganz unberechtigt. Aber mein Beruf bringt es nun mal so mit sich, dass ich auch eine derartige Möglichkeit nicht von vorneherein ausschließe.«

»Natürlich. Da sich bisher so etwas wie ein perfekter Wunschtraum für mich zu erfüllen scheint, trau ich dem Ganzen noch nicht so recht. Vielleicht ist das wirklich zu schön, um wahr zu sein.«

»Ich hätte für meine Ermittlung noch eine Bitte. Wenn Sie mit ihm bei nächster Gelegenheit ein Glas Wein oder einen Aperitif trinken, spülen Sie sein Glas nicht, sondern stecken es bitte vorsichtig in eine Plastiktüte und geben diese mir.«

Sie sah mich erstaunt an, hatte aber nichts dagegen einzuwenden.

Nachdem ich ihr noch mal versichert hatte, dass er von meinen Nachforschungen nichts mitbekommen würde, verließ sie mich einigermaßen beruhigt.

Zu allererst rief ich einen Hamburger Kollegen an, dem ich auch schon einmal behilflich gewesen war und bat ihn, sich über die fragliche Immobilie zu informieren. Insbesondere würde ich gerne wissen, ob das Haus zum Verkauf stehe und gegebenenfalls welcher Makler damit beauftragt sei.

Eine Nachfrage bei der Lufthansa nach einem Flugkapitän Hogstetten verbat sich selbstverständlich schon aus naheliegenden Gründen. Wenn es tatsächlich einen Piloten namens Hogstetten gab, war nicht auszuschließen, dass dieser von der Nachfrage erfahren würde. Daraus würde er seine Schlüsse ziehen, die nicht nur für meine Nachforschungen das Ende bedeuten würden, sondern den Verdacht auf meine Mandantin lenken mussten, ihm nachspioniert zu haben.

Glücklicherweise arbeitete ein alter Schulfreund von mir im Betrugsdezernat. Diesen bat ich, den Namen Hogstetten mal durch den Polizeicomputer checken zu lassen.

»Und aus welchem Grund soll ich das für Dich tun?«

»Eine Mandantin von mir hat den Verdacht, dass dieser Mann ein Heiratsschwindler sein könnte.«

Der Name Hogstetten war allerdings nicht polizeibekannt, was mich jedoch nicht weiter wunderte.

Nach drei Tagen meldete sich mein Hamburger Kollege.

»Die fragliche Villa wird von einer Familie mit Kindern bewohnt. Und in der Nachbarschaft hat keiner was davon gehört, dass der Eigentümer – ein Hamburger Banker – die Absicht hätte, das Haus zu verkaufen.«

Es dauerte noch eine Woche, bis sie mir das Glas mit seinen Fingerabdrücken brachte. Obwohl er sie drängte, ihren Anteil auf sein Konto zu überweisen, hatte sie das unter dem Vorwand, dazu noch ausländische Aktien verkaufen zu müssen, so lange hinauszögern können.

Bei meinem Kripobesuch reagierte mein Schulfreund etwas genervt, als ich ihn bat, die Fingerabdrücke abnehmen zu lassen und mit der einschlägigen Datei zu überprüfen.

»Mensch Julian, meinst Du, ich hätte nichts anderes zu tun! Ich kann doch nicht andauernd Deine Detektivarbeit für Dich übernehmen! Hierbei bin ich zudem auf die Mitarbeit von Kollegen angewiesen.«

»Aber von andauernd kann doch gar keine Rede sein, Christian. Und als reinen Freundschaftsdienst solltest Du mein Anliegen auch nicht auffassen. Schließlich gibt es einen begründeten Verdacht, dass der saubere Herr Hogstetten ein Betrüger ist. Nach Lage der Dinge bin ich nahezu sicher, dass er Dreck am Stecken hat. Du bist doch sicher in der Lage, in diesem Fall eigene Ermittlungen vorzuschieben.«

Wie ich schon erwartet hatte, teilte mir mein Freund dann mit, dass der neue Lover von Marie-Luise ein bereits mehrfach vorbestrafter Heiratsschwindler namens Karl Schmidtke war. Der Name Hogstetten musste in die Liste seiner bisherigen Alias-Namen neu aufgenommen werden.

Ich informierte umgehend meine Mandantin über das Ergebnis meiner Ermittlungen und fragte sie, ob sie wegen eventueller finanzieller Zuwendungen Anzeige erstatten wolle.

»Nein, bisher hat er nie etwas von mir verlangt. Vielen Dank für Ihre Arbeit. Ich komme in den nächsten Tagen bei Ihnen vorbei und bezahle meine Rechnung.«

Bei ihrem Besuch war ihr die schlimme Enttäuschung immer noch deutlich anzumerken. Andererseits war sie sehr erleichtert, ihm nicht auf den Leim gegangen zu sein.

Sie schilderte mit offensichtlicher Genugtuung, wie kurz und schmerzlos sie die Verabschiedung von ihrem falschen Piloten vollzogen hatte.

»Als ich ihn aufforderte, mir seinen Personalausweis und seinen Pilotenschein zu zei-

gen, mimte er zuerst den schwer Beleidig-
ten. Er sagte, mein grundloses Misstrauen
kränke und verletze ihn doch zutiefst. Als
ich ihn darauf mit der Wahrheit konfrontierte und ihm die Ergebnisse meiner Nachforschungen präsentierte, verlegte er sich nicht
einmal mehr auf Ausreden. Ich nannte den
Namen der Bankiersfamilie, die seine Villa
bewohnte und ihn mit seinem richtigen
Namen. Dann warf ich ihn aus meiner
Wohnung und drohte ihm, ihn anzuzeigen,
wenn er nicht sofort aus meinem Leben ver-
schwände.«

Kapitel 10

Über Mangel an Beschäftigung konnte ich mich im Moment wirklich nicht beklagen. Ich hatte außerdem einige Stammkunden, die mich eigentlich regelmäßig in Anspruch nahmen. So zum Beispiel einen Juwelier, den ich öfter in seinem Phaeton nach Amsterdam kutschieren musste. Für den Kauf von teuren Rohdiamanten hatte er dabei jeweils eine Menge Bargeld mit und engagierte mich als Fahrer und Bodyguard.

Warum er diese Transaktionen unbedingt cash abwickeln wollte, leuchtete mir nicht ganz ein. Er oder sein holländischer Geschäftspartner hatten aber wohl ihre Gründe dafür. Vielleicht auch nur steuerliche.

Bei unserer ersten Begegnung als ich ihn beim Geschäft abholte, schien er von meiner Erscheinung alles andere als beeindruckt zu sein. Den Job hatte er mir telefonisch angeboten und sich wohl eine völlig andere Vorstellung von einem professionellen Bodyguard gemacht. Trotz der Enttäuschung, die ihm anzusehen war, beschloss er, es mit Humor zu nehmen.

»Nach Ihrer Anzeige hatte ich mir Sie als Personenschützer ganz anders vorgestellt. Sie entsprechen so gar nicht dem von mir erwarteten Türsteherformat und einer entsprechenden Gewichtsklasse. Dann sind Sie aber wohl der Mann, der einer Fliege das Auge ausschießen kann.«

»Da muss ich Sie leider schon wieder enttäuschen. Ich habe nicht einmal eine Schusswaffe.«

»Und wie gedenken Sie, mich dann bei einem eventuellen Überfall zu beschützen?«

»In erster Linie mit der Taktik, mögliche Gefahrensituationen schon vorausschauend zu vermeiden. Im Übrigen habe ich eine Judo-Ausbildung und Rallye-Erfahrung.«

Wenn ich auch damit maßlos übertrieb, weil ich mich darüber ärgerte, dass er sich über mich lustig machte, so brauchte ich dennoch meine fahrerischen Fähigkeiten nicht unter den Scheffel zu stellen. Vor allem aus Freude am Autofahren und weniger aus Gründen einer beruflichen Fortbildung hatte ich nämlich in den letzten Jahren etliche Fahrsicherheitskurse absolviert und bildete mir zudem einiges auf mein Reaktionsvermögen ein.

Besonders gefallen hatte ihm allerdings die von mir erwähnte Vorsicht, Gefahren möglichst aus dem Weg zu gehen, wie er mir später gestand.

»Mein Wagen steht gegenüber. Wir können los.«

Er nahm seinen Handkoffer und wir gingen hinüber. Diesen legte er auf den Rücksitz und stieg vorne zu mir ein. Nachdem er das Navi programmiert hatte, machte er es sich auf dem Beifahrersitz bequem.

»Bevor wir losfahren, hätte ich gerne noch eine Information von Ihnen.«

»Was für eine?«

»Wieso rechnen Sie überhaupt mit der Möglichkeit eines Raubüberfalls? Gibt es für diese Befürchtung irgendeinen konkreten Anlass?«

»Hm, schon. Aufgrund der Entlassung einer meiner Verkäuferinnen, die mich bestohlen hat, bin ich etwas verunsichert.

Diese Dame arbeitete erst ein knappes Jahr bei mir, während meine übrigen Angestellten langjährige Mitarbeiterinnen sind. – Vor etwa drei Monaten ist mir eine wertvolle Uhr abhanden gekommen. Nur im Beisein meiner Verkäuferinnen werden die Uhren aus den Vitrinen genommen, um sie den Kunden zu zeigen. Somit war der Verdacht nicht von der Hand zu weisen, dass jemand aus meinem Team dafür verantwortlich war.

Danach habe ich frühmorgens vor Geschäftsöffnung eine verdeckte Videokamera installieren lassen, die auf die Uhrenvitrinen ausgerichtet war. Eine Woche später ließ sich dadurch ein weiterer Uhrendiebstahl besagter Dame dokumentieren. Nach Rückgabe dieser Uhr zwang ich sie, sofort zu kündigen. Da sie hoch und heilig beteuerte, mit der Entwendung der anderen Uhr nichts zu tun gehabt zu haben, sah ich von einer Anzeige ab und meldete den Schaden der Versicherung. Nach wie vor bin ich allerdings davon überzeugt, dass sie auch diese Uhr gestohlen hat, aber ich konnte ihr dies nicht nachweisen.

Ich bin sicher, dass sie durch ihren zwielichtigen Freund, der sie ein paar Mal vom Geschäft abgeholt hat, zu diesen Diebstählen angestiftet worden ist. Meine Geschäftsführerin bestätigte meinen Eindruck von diesem Kerl, dessen Erscheinung eine Nähe zu kriminellem Milieu vermuten ließ. Da alle aus meinem Team von meinen Einkaufstouren nach Amsterdam wussten, könnte diese Information so auch weitergegeben worden sein.«

»Danke für die Aufklärung. Jetzt erscheint mir Ihre Besorgnis verständlich.«

Als wir auf der Autobahn waren, fuhr ich bei der ersten Gelegenheit auf einen Autobahn-Parkplatz. Er sah mich verwundert an, bis ich ihn aufklärte.

»Ich kann im Moment das tatsächliche Risiko eines Überfalls schlecht einschätzen. Deshalb sollten wir eine Vorsichtsmaßnahme treffen. Nehmen Sie bitte das Geld aus ihrem Aktenkoffer und packen Sie es in die Erste-Hilfe-Box im Kofferraum. Deren Inhalt werfen Sie vorher zur Hälfte in die Abfalltonne. Später können Sie dann auch die Ware dort unterbringen. Er sah mich völlig erstaunt an, ging jedoch wortlos an den Kofferraum und verstaute das Geld in dem grünen Erste-Hilfe-Kasten, nachdem er ihn zum Teil gelehrt hatte.

»Und wenn ich bei einem Überfall nach dem Geld gefragt werde, was dann?«

»Sie sagen, dass Sie diesmal die ausgemachte Summe dem Verkäufer bereits überwiesen hätten, um nicht so viel Geld mitschleppen zu müssen. Da Sie – wie ich annehme –

mit dem Verkäufer schon länger eine Geschäftsbeziehung unterhalten, klingt das doch plausibel.«

Wenig beeindruckt von meiner Vorsichtsmaßnahme schien diese ihn eher zu belustigen.

»Sind Sie immer so ein Umstandskrämer? Halten Sie Ihr trickreiches Täuschungsmanöver wirklich für nötig?«

»Was würden Sie denn sagen, wenn sich ein Motorrad-Sozius bei einem Halt an einer roten Ampel in Amsterdam einfach Ihren Aktenkoffer vom Rücksitz schnappt?«

»Ist ja schon gut, fahren Sie zu, dass wir pünktlich da sind!«

Dann passierte uns auf der Autobahn etwas, wodurch er seine Meinung über mich wohl etwas revidierte. Wir fuhren mit den erlaubten 100 km/h auf der Mittelspur hinter einem Lieferwagen mit offener Ladefläche her, welcher Fässer geladen hatte. Die dort stehenden Fässer waren mit Gurten gesichert. Bei einem Überholmanöver zuvor war der Lieferwagen vermutlich zu scharf aus- oder eingeschert, sodass eines der Fässer umgekippt war und unter den Gurten hindurch von der Ladefläche auf die Fahrbahn fiel und uns entgegenrollte. Unser Abstand zum Lieferwagen war zwar ausreichend, aber das volle Fass rollte unheimlich schnell auf uns zu. Glücklicherweise hatte ich das Malheur rechtzeitig erkannt und schaffte es soeben noch, mit einer brachialen Vollbremsung so stark abzubremsen, dass ich gerade noch um das Fass herumlenken konnte. Mein Beifahrer, der schon das Unheil auf uns zurollen und die Kollision kommen sah, war vor Schreck leichenblass geworden.

Bei jedem Fahrsicherheitstraining ist die allererste Übung immer eine Vollbremsung mit anschließendem Ausweichen vor einem Hindernis. Nach Aussage der Instrukteure ist diese Übung, so einfach sie sich auch anhört, den meisten Kursteilnehmern nur mühsam beizubringen und es dauert lange, bis sie es richtig gelernt haben, so brutal auf das Bremspedal zu treten, das mit einem Schlag alle vier Räder blockieren. Probleme haben insbesondere die Teilnehmer, welche mit dem eigenen Auto üben. Sie haben Angst, ihren Wagen dadurch zu ramponieren. Aber nur so lässt sich die Geschwindigkeit derart stark reduzieren und das Auto in der Spur halten, dass kurz vor dem Hindernis mit starker Lenkbewegung das Ausweichen möglich wird.

Dieser Vorfall auf unserer ersten Tour trug viel zur Vertrauensbildung bei, und er engagierte mich seitdem immer wieder. Ironischerweise wurden wir bei unseren Einkaufsfahrten niemals behelligt.

Kapitel 11

Da ich glücklicherweise nicht täglich acht Stunden im Büro absitzen musste und mir meine Zeit frei einteilen konnte, blieb mir auch werktags ausreichend Gelegenheit für meinen Sport. So war ich nicht auf die Zeiten ab 17:00 Uhr angewiesen, wenn ich Tennis spielen wollte. Dadurch vermied ich die ständige Drängelei um die Plätze nach Feierabend. Wenn ich Zeit und Lust hatte, fand ich auch immer einen Partner. Zu diesen gehörten zwei Mediziner, die aufgrund flexibler Praxiszeiten auch tagsüber spielen konnten. Mein bester Tenniskumpel war in der Gastronomie tätig und hatte normalerweise montags frei.

Beim Tennisspielen konnte ich hervorragend abschalten und konzentrierte mich nur auf den nächsten Ball. Für die Dauer eines Matches verdrängte ich sogar die mich ständig beunruhigende Frage, was auf mich zukommen würde, egal was ich auch im

Auftrag meiner schönen Multimillionärin letztlich zu unternehmen gedachte. Denn eines stand mittlerweile fest: Ich konnte mich nicht mehr tatenlos aus der Affäre ziehen. Ich war so oder so zum Handeln gezwungen. Wenn ich ihn nicht in die ewigen Jagdgründe beförderte, so war ich zumindest verpflichtet, meine Mandantin erfolgreich vor ihm zu beschützen. Das setzte nach Lage der Dinge voraus, dass ich ihn noch sorgfältiger observieren musste, um eine mögliche Gefahr für ihr Leben abwenden zu können.

Alle diese Überlegungen vergaß ich beim Tennisspielen für eine Weile. Tennis hatte mich schon als Junge interessiert. Aber da ich keine „Tenniseltern" hatte, spielte ich als Junge Fußball. Mit Tennis begann ich erst mit über dreißig. Von Anfang an faszinierte mich dieser Sport. Ich ließ mich auch nicht dadurch frustrieren, dass die Schlagtechnik relativ anspruchsvoll ist. Für viele Anfänger erweisen sich offensichtlich Ball und Schlägerfläche als zu klein und das Netz als zu hoch. Dies ist wohl auch der Grund dafür, dass sich Kinder eher für Fußball entscheiden, da in den ersten Tennisstunden der Ball niemals dahin fliegt, wohin er sollte, vorausgesetzt, man hat ihn überhaupt getroffen.

Obwohl ich mich für Tennis begeistern konnte, hielt sich mein Ehrgeiz dabei in Grenzen. Gewinnen war schön, aber einige technisch perfekte Schläge befriedigten mich auch.

Ich war kein geduldiger Spieler und hatte auch wenig für ein Defensivspiel von der Grundlinie übrig. Ich hatte wenig Lust gegen Spieler, die im Jargon als „Ballwand" bezeichnet wurden, an der Grundlinie hin und her zu rennen, um nach endlosem Ballwechsel doch den Punkt zu verlieren. Mit einer druckvollen und präzisen Vorhand ausgestattet, konnte ich meistens eine erfolgreiche Netzattacke vorbereiten. Leider erkannten clevere Gegenspieler sofort, dass meine Rückhandschläge langsam und unsicher waren und nutzten das entsprechend aus.

Lange Zeit ärgerte ich mich jedes Mal wieder über meine Achilles-Ferse, ohne dass es mir gelang, den Schlag zu verbessern. Ich beneidete Spieler, die mit ihrer beidhändigen Rückhand den Ball übers Netz schießen konnten. Doch meine Versuche, mir diese beidhändige Rückhand anzutrainieren, scheiterten kläglich. Ich war nicht in der Lage, mit der linken Hand zusätzlich zu beschleunigen. Aber durch diese Versuche fand ich heraus, dass ich, wenn ich die linke Hand bis zuletzt am Griff hielt und mit dieser die Zielrichtung vorgab, an Genauigkeit und Power gewann. Dadurch, dass ich mit der linken Hand führte und mit der rechten Schlaghand ohne die frühere Unsicherheit richtig durchziehen konnte, verbesserte sich mein Angriffsspiel deutlich. Zugute kam mir dabei, dass ich als erstes Topspin-

Schläge gelernt hatte und relativ selten Slice spielte.

Neben Tennis hatte ich noch ein anderes großes Hobby: Galopprennen. Wenn ich an Wochenenden auf einer Galopprennbahn meine Freizeit verbrachte, konnte ich mich auch vollkommen entspannen und sämtliche Widrigkeiten des Alltags vergessen. Ich liebte es, stundenlang an der Luft zu sein und die spannenden und oft überraschenden Rennverläufe zu verfolgen. Der Anblick der rassigen Vollblüter war allein schon den Besuch wert. Aber selbstverständlich spielte für mich auch das Wetten eine große Rolle. Aufgrund der in über zwei Jahrzehnten gewonnenen Erkenntnis, dass noch niemand durch Rennwetten reich geworden war, aber notorische Wetter in einigen mir bekannten Fällen schon „Haus und Hof" (in einem konkreten Fall mehrere ererbte Mietshäuser) verwettet hatten, hielt ich mich an eine einfache Strategie. Ich setzte ausschließlich auf Pferde, die ich zuvor schon im Rennen beobachtet hatte. Dabei wettete ich nie frische Sieger. Da sie nach einem Sieg im Handicap normalerweise vier Kilo Aufgewicht – an Blei in den Satteltaschen – zu tragen hatten, was einen erneuten Erfolg mehr als fraglich machte. Ein alter Trainer sagte dazu einmal treffend: „Ein paar Kilo mehr machen aus einem Rennpferd oft einen Esel". Zudem waren ihre niedrigen Totokurse unattraktiv. Ich wettete nur Galopper, die zuletzt als „runnerup" mit viel Speed noch dicht zum Vordertreffen aufgelaufen beziehungsweise platziert waren. Oft hatten diese Pferde einen schlechten Start erwischt oder einen unglücklichen Rennverlauf. Dadurch konnten sie ihren Speed zu spät einsetzen und die Sieger beziehungsweise die vor ihnen platzierten Pferde nicht mehr abfangen, obwohl sie häufig zum Schluss die schnellsten Pferde waren.

Frontrenner, die noch kurz vor dem Ziel von einem Speedpferd geschlagen wurden, wettete ich nie beim nächsten Start, da ich die Erfahrung gemacht hatte, dass sie diese Form beim nächsten Start meistens nicht mehr einstellten. Durch das harte Finish beim letzten Mal verloren sie oft an Substanz oder auch die Lust und zeigten weniger Einsatz.

An einem Renntag wettete ich nur maximal drei Pferde und nicht wie die meisten Rennbahnbesucher in jedem Rennen. Allerdings wettete ich auch mit höheren Einsätzen von 50 Euro aufwärts und nicht mit kleinen Beträgen zwischen ein und zehn Euro wie der Großteil der Wetter. Deren Motivation war in erster Linie, mit ihrem Tipp Recht behalten zu haben. Ich war aber daran interessiert, mit einem Treffer einen nennenswerten Gewinn abholen zu können, was natürlich auch nicht immer klappte. Wichtig ist, dass man dem eigenen Urteil und dem vermuteten Potenzial des beobachteten Pferdes vertraute und die Flinte nicht zu schnell ins Korn warf, wenn der nächste Start des gewetteten Galoppers enttäuschend ausfiel, und der unter „ferner liefen" rein kam. Pferde haben eben auch ihre guten und schlechten Tage. Ich hatte schon die verschiedensten Gründe für ein Versagen erlebt; zum Beispiel nicht erkannte Infektionen, Verletzungen im Rennen durch Angaloppieren, gerissene Sattelgurte, unpassende Bodenverhältnisse, besondere Bahnführung, falsche Distanz oder ein schlechter Ritt des Jockeys.

Dann muss man beim nächsten oder ggfs. auch übernächsten Start nachwetten; bei einem Sieg ist nach dem letzten Misserfolg auch die Siegerquote lukrativer. Geld verdienen konnte ich allerdings mit meinen Wetten nicht wirklich, aber die Pferdewette ist meines Erachtens auch das einzige Glücksspiel, bei dem noch das Verlieren Spaß macht; schließlich hat man für Spannung und Emotionen bezahlt. Grundsätzlich sollte man jedoch hierbei suchtfrei sein. Ob Spielsucht, Drogen- oder Alkoholabhängigkeit, immer verliert man an Kontrolle über sein Leben. Schon ein starker Raucher schadet nicht nur seiner Gesundheit, sondern ist zwanghaft konditioniert.

Wenn man auf Pferde wettet, erkennt man sehr schnell, dass auch die Expertentipps von Jockeys, Trainern und Fachjournalisten genauso oft daneben liegen wie bei dem Durchschnittswetter. Mir ist kein Jockey bekannt, der durch sein Insiderwissen reich geworden wäre.

Dieses Freizeitvergnügen half mir stets, die alltäglichen Frustrationen zu kompensieren. Im Falle meiner zurzeit wichtigsten Mandantin gelang es mir allerdings nicht, beim Rennen ganz abzuschalten. Eine Rolle spielte wohl, dass ich dabei an ihre Erwähnung der Badener Rennwoche erinnert wurde.

Überall, wo wie bei den Pferdewetten um Geld gespielt wird, kommt es auch zu betrügerischen Manipulationen.

Vieles davon kannte ich nicht nur vom Hörensagen, sondern hatte es vor Ort miterlebt.

Ein Trainer mit zwei wunderschönen Rappstuten, die sich wie ein Ei dem anderen glichen, startete eine im untersten Ausgleich, einem Handicap IV. Als diese dann, die bisher nur jeweils deutlich hinter dem Feld die Löcher zugetreten hatte, mit einem Vorsprung von zehn Längen zu einer Siegquote von 260:10 gewann, war das wettende Publikum fassungslos. Später stellte sich heraus, dass nicht die Ausgleich-IV-Stute gestartet war, sondern als „Ringer" deren Doppelgängerin, die im Ausgleich II zu Hause war. Erklärt wurde dies lapidar mit einer „Verwechslung" der Stallbox!? Heute kann so etwas nicht mehr passieren, da alle Pferde vor dem Rennen per eingepflanztem Mikrochip zu identifizieren sind.

Aber es gibt noch reichlich andere Möglichkeiten, Favoriten am Sieg zu hindern. Man kann Frontrenner am Ende des Feldes halten und ihnen dadurch die Lust am Galoppieren nehmen oder umgekehrt Speedpferde, die streng auf Warten geritten werden müssen, sofort nach dem Start „kopfstellen". Auf Nachfrage der Rennleitung heißt es dann, dass man mal eine andere Taktik habe ausprobieren wollen. Ein Jockey kann auch absichtlich sein Pferd so in die Mitte des Pulks manövrieren, dass sein Speedpferd hinter einer Wand von anderen Pferden in der Zielgeraden keine freie Passage findet.

Aber auch wett-technisch lässt sich gewinnbringend die Totoquote manipulieren. Bei schwach besuchten und bewetteten Rennen mit geringer Starterzahl und einem mit an Sicherheit grenzender Wahrscheinlichkeit unschlagbaren Sieganwärter wird am Totalisator auf die Mitkonkurrenten jeweils zum Beispiel 200 Euro Sieg gewettet, sodass die Quote des Favoriten von vielleicht 17:10 auf 35:10 steigt. Im Vorfeld sind bei verschiedenen Buchmachern aber schon Agenturwetten von sagen wir insgesamt 5.000 Euro auf den Favoriten abgeschlossen worden.

Sieg dieser dann tatsächlich, so ergibt sich bei acht Startern durch diese „Langmache" für die Wettgauner ein Gewinn von rd. 11.000 Euro, da die Buchmacher zum Totokurs auszahlen. Damit lässt sich der Gewinn im Vergleich zur unmanipulierten Totoquote auf das Zweieinhalbfache steigern.

Obwohl ich normalerweise nur Sieg wettete, machte ich bei den Viererwetten gelegentlich eine Ausnahme. Wenn ich mir nämlich ziemlich sicher war, dass zwei meiner an vorangegangenen Renntagen beobachteten Galopper höchstwahrscheinlich unter den ersten Vier einlaufen würden, setzte ich diese auf die Plätze 1 bis 4 und kombinierte den Großteil der übrigen Starter hinzu. Dabei ließ ich lieber einen höher gewetteten Kandidaten weg als einen krassen Außenseiter. Meinem Wettschema lagen logische Überlegungen zugrunde. Während ich bei meinen beiden festen Stellpferden meinem Knowhow vertraute, hoffte ich bei den beiden Kombinationspferden, welche die Viererwette komplettieren, auf einen glücklichen Zufall, d. h. auf zwei krasse Außenseiter.

Im Laufe der Zeit hatte ich nämlich festgestellt, dass die Viererwette die einzige Kom-
binationswette war, in welcher sich informierte Insider oder Leute, die einen Wettcoup planten, nicht engagierten. Selbst
wenn diese Zocker wussten, dass ihr Pferd,
das vorher vielleicht absichtlich zurückge-
halten worden war, diesmal ganz vorne sein
würde, war dennoch die Reihenfolge in der
Viererwette kaum kalkulierbar und hätte in
jedem Fall – aufgrund der Vielzahl der möglichen Kombinationen bei jeweils mindestens einem Dutzend Startern – einen sehr
hohen Einsatz erfordert. Deshalb waren die
Quoten immer reell und meistens recht
hoch. Mit etwas Glück hatte ich schon einige
Viererwetten treffen und dann auch größere
Gewinne abholen können

Durch meine ständigen Rennbahnbesuche
hatte ich einige Aktive kennengelernt. Besondere Gelegenheit dazu boten die Winter-
rennen auf der Sandbahn. Je nach Witterung
war der Besuch manchmal so schwach, dass

der Veranstalter jeden Wetter mit Hand-schlag hätte begrüßen können. Zwischen den Rennen unterhielt ich mich oft mit den Jockeys und den Trainern, die ich kannte. Wenn ich Aktive ansprach, um sie nach einem ihrer Starter zu fragen oder ihnen zu einem Sieg zu gratulieren, gaben sie mir bereitwillig Auskunft oder freuten sich über die Anerkennung. Wenn die meisten mich auch nicht namentlich kannten, so war ihnen doch mein Gesicht vertraut.

Kapitel 12

Das Wochenende wurde für mich hochinteressant. Zunächst konnte ich einer Unterhaltung zwischen Robert und seinem schwarzhaarigem Feger entnehmen, dass seine Frau nach New York zu einer Cousine geflogen war und dort einige Wochen bleiben wollte. Insofern konnte ich mit der ständigen Observation auch erst einmal aussetzen und hatte mehr Zeit für andere Dinge.

Bei strahlendem Sonnenschein fuhr ich am Samstag zum Galopprennen. Als ich mein Auto auf dem Parkplatz abstellte, parkte direkt neben mir ein Amateurrennreiter, den ich schon sehr lange kannte. Ich begrüßte ihn und wünschte ihm „Hals und Bein" für seine drei Tagesritte.

»Nach der Form der Pferde muss Du heute ja gute Chancen auf einen Volltreffer haben.«

»Das will ich hoffen. Drück mir die Daumen.«

Als ich dann gehen wollte, hielt er mich auf.

»Warte mal. Ich muss Dich vorwarnen. Mein Trainer will einen Detektiv engagieren, und ich habe Dich empfohlen.«

Erstaunt sah ich ihn an.

»Und wozu?«

»Das hat er mir nicht gesagt. – Bis nachher dann.«

Ich war mal gespannt, ob ich von seinem Trainer, den ich nicht persönlich kannte, hören würde. Er betreute einen renommierten Rennstall in der Nähe von Köln. Ich erwartete nicht gerade, dass sein Problem mit dem Turfmilieu zu tun haben würde, war aber doch neugierig, um was für eine Angelegenheit es sich handelte.

Tatsächlich rief er mich am Montag an.

»Mein Amateur, der täglich bei mir in der Morgenarbeit ausreitet, hat Sie sehr empfohlen. Hätten Sie Zeit, die nächste Woche für mich zu arbeiten?«

»Ja, das könnte ich schon. Aber sagen Sie mir doch bitte erst einmal, worum es geht.«

»Die Angelegenheit, in der ich Ihre Hilfe brauche, ist zu kompliziert, um sie am Telefon zu erklären. Ich möchte Sie bitten, morgen nach dem Training zu mir zu kommen, damit ich Ihnen mein Problem detailliert schildern kann.«

Als wir dann am nächsten Tag bei einer Tasse Kaffee in seinem Wohnzimmer saßen, erläuterte er zuerst noch einmal, wie er auf mich gekommen war.

»Wie mein Arbeitsreiter mir erzählt hat, sind Sie am Galopprennsport sehr interessiert und haben auch Ahnung vom Metier. Darüber hinaus hält er Sie für ausgesprochen clever, was in Ihrem Beruf wohl auch Voraussetzung ist.«

»Ich weiß auch nur so viel, wie jeder passionierte Wetter und beziehe meine Informationen lediglich aus der Lektüre der „Sportwelt".«

»Er hat mir aber versichert, dass Sie ein gutes Auge für die Beurteilung von Pferden bewiesen hätten. Und darauf kommt es mir an.«

»Da bin ich gespannt, weshalb und womit Sie mich beauftragen wollen.«

»Es geht um ein für mich unerklärliches Versagen von mir trainierter Pferde, die trotz optimaler Trainingsleistungen ihre Rennen nicht gewinnen können. Um Ihnen alle notwendigen Informationen zum Hintergrund meines Problems zu geben, muss ich etwas weiter ausholen. Merkwürdig ist zunächst, dass meine Pferde nicht etwa von einem oder mehreren besseren Pferden reell geschlagen worden sind, sondern jedes Mal aus eigentlich günstiger Position weggebrochen sind, wobei sie ihre Galoppade verloren haben. Nun gibt es natürlich nervöse oder ängstliche Pferde, die schon durch ein Stück Papier auf dem Boden irritiert werden und scheuen. Meine beiden Galopper sind jedoch recht ruhige und ausgeglichene Pferde, die bei dem Training keinerlei Auffälligkeiten zeigen. Nachtwache ist eine vierjährige Stute und Django ist ein dreijähriger Hengst. Beide sind zweifellos richtige Rennpferde und haben auch schon exzellente Formen gezeigt. Seit ich sie aber seit kurzem in Rennen mit Viererwette laufen lasse, erreichen Sie nicht einmal mehr eine Platzierung. Nachtwache, eine dunkelbraune Stute, hat vor ihren Starts in der Viererwette ihre Rennen mit großem Vorsprung gewinnen können. Sie ist ein ausgesprochenes Speedpferd und überrollt vom Ende des Feldes kommend mit ihren Speed auf den letzten 250 m das gesamte Feld. Deshalb stand sie auch bei ihrem ersten Start in der Viererwette in klarer Favoritenposition. Eingangs der Zielgeraden dirigierte sie ihr Jockey auch gemäß Order nach außen und wollte ihren Speed einsetzen. Ganz plötzlich brach sie jedoch nach innen weg, verlor ihre Aktion und trudelte als Drittletzte ins Ziel. Ihr zweites Viererwettenrennen verlief ähnlich. In der entscheidenden Phase scheute sie wieder und drückte sich nach innen weg, anstatt auf der Außenbahn ihre Schnelligkeit auszuspielen. Während Nachtwache zurzeit erst einmal eine kleinere Verletzung auskurieren muss, soll Django bald wieder starten. – Django ist ein großer Fuchs und nicht auf einen passenden Rennverlauf oder eine günstige Position im Rennen angewiesen. Obwohl er auch Speed hat, kann er sich als großer Galoppierer aber auch sein Rennen selbst machen und von der Spitze aus gewinnen.

Ebenso wie Nachtwache ist er als Favorit bei seinen beiden letzten Starts – wieder in Viererwettenrennen – nicht in die Platzierung gelaufen, obwohl er beim vorletzten Rennen in der Zielgeraden bereits einen Vorsprung von drei Längen hatte. Er marschierte in der Bahnmitte und sah schon wie der sichere Sieger aus. Ohne erkennbaren Grund brach er urplötzlich nach innen bis fast an die Innenrails weg und kam so aus dem Tritt, dass ihn noch vier Pferde passieren konnten. Bei seinem letzten Viererwettenstart war er zunächst hinten, hatte dann im Schlussbogen außen Anschluss und befand sich auf dem Vormarsch. Der Jockey hatte noch die Hände voll und Django setzte vielversprechend zum Speed an. Auf einmal scheute er und brach wieder nach innen weg. Dabei kam es zu einer Kollision mit dem innen liegenden Pferd und beide waren dann chancenlos.

Für diese unglücklichen Vorfälle finde ich keine Erklärung und hoffe auf Ihre Hilfe. Ich denke mir, dass ein Außenstehender, der unvoreingenommen und nicht betriebsblind dieses Rätsel zu lösen versucht, vielleicht eher Erfolg hat.«

Nach diesem erschöpfenden Vortrag zweifelte ich doch sehr daran, dass er in mir einen kompetenten Problemlöser gefunden hatte.

»Ihr Vertrauen ehrt mich natürlich, aber ich bin doch weder Tiermediziner noch ein Dopingexperte. Ich wüsste beim besten Willen nicht, was ich untersuchen könnte.«

»Alle denkbaren medizinischen Untersuchungen und Dopingproben waren bisher ergebnislos. Beide Pferde waren kerngesund und auch nicht etwa durch leistungsmindernde Präparate oder Futterzusätze beeinträchtigt. Ihr merkwürdiges Verhalten im Rennen muss einen anderen Grund haben. Dabei will ich nicht einmal eine Sabotage durch eine gewisse Wettmafia mit Sicherheit ausschließen.«

»Hätten Sie denn irgendwelche Anhaltspunkte dafür?«

»Verdächtig erscheint mir, dass es ausgerechnet in Rennen mit Viererwetten – also den sogenannten Wettchancen des Tages – passiert ist. Auffällig ist, dass beide Pferde als deutliche Favoriten am Toto notierten, aber nicht einmal Vierte werden konnten. Verdächtig war, dass die Viererwetten ohne die Favoriten und mit einigen platzierten Außenseitern am Toto lediglich Quoten zwischen 20.000 und 30.000 Euro zu 10 zahlten. Normalerweise hätten diese Viererwetten mindestens das Dreifache zahlen müssen.«

Ich verstand, was er meinte. Die richtige Kombination musste also mit relativ hohem Wetteinsatz getroffen worden sein. Bei der hohen Zahl an möglichen Viererkombinationen und einem unerwarteten Rennausgang traf üblicherweise nur ein Wetter die richtige Kombination mit einem Einsatz von 50 Cent. Höhere Einsätze und eine Vielzahl gewetteter Viererkombinationen lohnen sich nur, wenn man sicher sein kann, dass der Favorit aus der Wette bleibt.

»Und was erwarten Sie jetzt von mir?«

»Ich möchte, dass sie den Hengst, der zuletzt krass versagt hat, bis zu seinem nächsten Start in einer Woche rund um die Uhr bewachen. Am Sonntag soll Django wieder in einer Viererwette laufen. Sie sollen ständig in seiner Nähe bleiben und ihn bis dahin unter Beobachtung halten. Sowohl tagsüber als auch nachts im Stall. Das ist der ausdrückliche Wunsch seines Besitzers, der diesmal auf Nummer Sicher gehen will.

Am Sonntag fahren Sie dann im Transporter mit zur Rennbahn und lassen ihn auch in der Gastbox bis zu seinem Rennen nicht aus den Augen. Möglicherweise fällt Ihnen ja auch etwas Verdächtiges auf.«

»Ich soll also auch die nächtliche Stallwache übernehmen?«

»Ja, ich will sichergehen, dass nicht etwa jemand von meinem Stallpersonal in die Sache verwickelt ist, was ich mir allerdings kaum vorstellen kann. Für seine Pflegerin Janine kann ich sogar meine Hand ins Feuer legen. Sie liebt ihn und würde nie etwas tun, was ihm schadet.«

»Wenn ich Sie richtig verstanden habe, brauche ich im Stall eine Liege.«

»So habe ich mir das vorgestellt.«

»Und wie wollen sie Ihrem Personal meine Anwesenheit erklären?«

»Darüber habe ich ehrlich gesagt noch nicht nachgedacht.«

»Dann werde ich mir dazu etwas einfallen lassen, um den wahren Grund geheim zu halten.

Mein Tageshonorar beträgt in diesem Fall 400 Euro zuzüglich Spesen. Wenn Sie einverstanden sind, komme ich morgen früh noch vor der Morgenarbeit zu Ihnen, um die letzten Details zu besprechen.«

»Abgemacht, und bringen Sie alles mit, was Sie für die Woche brauchen. Ein Feldbett lasse ich Ihnen aufstellen.«

»Kann ich mal mit Ihrem Jockey sprechen, der beim Wegbrechen der Pferde ja jedes Mal Kopf und Kragen riskiert?«

»Natürlich, ich sag ihm Bescheid. Wenn Sie einen Moment warten würden.«

Sein Stalljockey, der schon lange für dieses Quartier ritt, war über mich im Bilde. Und obwohl er mein Engagement für reine Geldverschwendung hielt, gab er mir bereitwillig Auskunft über das auch für ihn unerklärliche Verhalten der Pferde, die er ja aus der Morgenarbeit bestens kannte.

»Haben Sie eine Ahnung oder einen Verdacht, weshalb sich die Pferde so erschreckt haben?«

»Nein, ich kann mir das auch nicht erklären. Es passiert immer aus heiterem Himmel ohne erkennbaren Grund. Ich habe zwar ähnliche Situationen schon einige Male erlebt, aber es gab immer eine nachvollziehbare Ursache dafür. Ich erinnere mich zum Beispiel an einen Vorfall in einem Rennen, in dem ich in der Zielgeraden schon mit drei Längen vorne war, als ein Schatten von einem Reklamezeppelin, der über die Bahn flog, auf das Geläuf fiel. Mein Pferd hielt den Schatten offensichtlich für einen Graben und sprang in vollem Renntempo wie vor einem Hindernis ab. Während ich mich mit Glück im Sattel halten konnte, zog sich der Hengst eine schwere Sehnenverletzung zu und musste aufgegeben werden.

Für das plötzliche Wegbrechen von Django und Nachtwache habe ich keine Erklärung, obwohl ich intensiv darüber nachgedacht habe. Mir ist wirklich nichts aufgefallen, was die Reaktion der Pferde als plausibel hätte erscheinen lassen.«

Da ich keine Ahnung hatte, wo ich mit meinen Ermittlungen anfangen sollte, beschloss ich, die Dinge erst mal auf mich zukommen zu lassen.

Um eine glaubhafte Legende für meine Observierung musste ich mich jedoch unverzüglich kümmern. Ohne länger nachdenken zu müssen, kam mir spontan eine Idee. Ich schnitt aus der Tageszeitung alle Headlines aus und klebte daraus auf einem DIN A4-Blatt folgenden Text zusammen:

„Als Feuerversicherung für Ihr Stallgebäude zahlen Sie bitte 10.000 Euro an uns. Ort und Art der Übergabe erfahren Sie noch telefonisch. Sollten Sie die Polizei einschalten, ist der Deal geplatzt und der Schutz gegen einen Großbrand hinfällig!"

Dies mochte keine literarische Glanzleistung darstellen, würde aber wohl seinen Zweck erfüllen.

Um Django auch während des Rennens genau verfolgen zu können, kaufte ich mir ein ziemlich teures Fernglas. Vorher hatte ich nie ein Rennglas gebraucht. Es mir um den Hals zu hängen, war mir zu lästig, und ich legte ausschließlich Wert darauf, die Pferde im Zieleinlauf intensiver zu beobachten. Diesmal musste ich allerdings auch während des gesamten Rennverlaufs scharf aufpassen. Dennoch entschied ich mich dagegen, es mit auf die Spesenrechnung zu setzen.

In meinem ältesten Anzug und mit gepacktem Koffer stand ich dann am nächsten Tag um 5:30 Uhr bei ihm auf der Matte. Ich zeigte ihm mein Erpresserschreiben und erläuterte ihm, wie ich mir meine Einführung als Brandwache vorstellte.

Bei der Morgenarbeit der verschiedenen Lots dabeizusein, gefiel mir sehr. Besonders aufmerksam verfolgte ich natürlich meinen Schutzbefohlenen.

Django war ein großrahmiger Fuchshengst mit drei gestiefelten Beinen, d. h. weißen Fesseln. Trotz seiner kapitalen Erscheinung hatte er ein ausgesprochen ausgeglichenes Temperament. Er war ruhig und hatte, soweit ich das beurteilen konnte, keine besonderen Unarten. Bei der Morgenarbeit zeigte er sein enormes Galoppiervermögen. Wie üblich ritt ihn sein Reiter natürlich nicht aus, doch auch bei kontrolliertem Tempo galoppierte er so leicht und raumgreifend, dass es eine Freude war, ihm zuzusehen.

Solange Janine mit der Pferdepflege beschäftigt war, sah ich mich in dem Gebäudekomplex mal um. Das Wohnhaus des Trainers und das Haus, in welchem das Stallpersonal untergebracht war, befanden sich nicht in unmittelbarer Nähe der Stallgebäude.

Am Abend, nachdem der Trainer seine Runde durch den Stall gemacht und insbesondere nach den zurzeit verletzten Pferden gesehen hatte, verließ er mich beruhigt.

»Die Türe schließe ich heute nicht ab. Sie kann allerdings auch von innen verriegelt werden. Gute Nacht!«

Die nächsten Tage und Nächte verliefen wie gehabt. Der Tagesablauf war immer der Gleiche. Es passierte absolut nichts Verdächtiges. Nach Beendigung der Morgenarbeit und der anschließenden Zeitungslektüre langweilte ich mich sehr. In Gesprächen mit dem Stallpersonal versuchte ich, eventuelle Hinweise zu erhalten, die mir hätten weiterhelfen können.

Sonntagmorgen war es endlich soweit. Django wurde in den Transporter verladen, und ich fuhr mit dem Fahrer und Janine zur Rennbahn. Von dem Gastboxenstall, wo Django bis zu seinem Auftritt untergebracht war, bekam ich von den Rennen nichts mit, da von dort die Bahn nicht einzusehen war.

Vor dem sechsten Rennen machten wir uns auf den Weg zum Führring, wo uns der Trainer mit dem Sattel über dem Arm schon erwartete. Django ließ sich ruhig aufsatteln, während in den anderen Sattelboxen einige Teilnehmer nervös hin und her zappelten.

Nach einigen Runden im Führring kamen die Jockeys und saßen auf. Django ging mit einer Quote von 32:10 als Favorit ins Rennen. Offensichtlich hatten die Wetter ihm seine beiden letzten Flops nicht so stark angekreidet, zumal sich seitdem die Bodenverhältnisse von „schwer" zu „gut" verändert hatten.

Konzentriert verfolgte ich von der Tribüne Djangos Start. Nach der ersten Kurve hatte er eine gute Position eingenommen. Er galoppierte relaxt in zweiter Spur an fünfter Stelle. Größere Positionsveränderungen gab es erst, als das Feld den Schlussbogen erreichte. Aufgefordert von seinem Jockey rückte Django leicht und locker außen in vierter Spur auf den dritten Platz vor. Urplötzlich brach er abrupt nach innen weg, rempelte dabei die neben ihm galoppierenden Pferde an und drückte sie fast an die inneren Rails. Alle vier Pferde kamen völlig aus dem Tritt und waren chancenlos, noch in die Platzierung zu laufen. Was zum Teufel konnte Django so erschreckt haben, dass er derart nach innen weggebrochen war?

Die ganze Woche hatte ich ihn beim Training beobachtet. Immer war er schnurgerade wie auf Schienen galoppiert und hatte sich nie einen Schlenker erlaubt.

Direkt nach dem Rennen sah ich mir die Wiederholung des Rennens an. Dem Rennfilm konnte ich jedoch nichts Neues entnehmen; vor allem konnte ich nicht erkennen, was sein Erschrecken hätte erklären können. Zwar wusste ich, dass oft schon ein aufgescheuchter, vom Boden hochflatternder Vogel den Fluchtinstinkt auslösen konnte, aber auf dem Rennfilm war nichts dergleichen zu sehen.

Nach dem Absatteln begleitete ich Janine und Django, der zwar stark schwitzte, aber ansonsten die Ruhe selbst war, zurück zum Transporter.

»Wie ist es Janine, haben Sie irgendeine Idee, was Django so aus der Fassung gebracht haben könnte?«

Ratlos schüttelte sie den Kopf.

»Wieso sich ausgerechnet Django derart erschreckt hat, ist mir völlig unverständlich. Er ist nun wirklich nicht ein nervöser und ängstlicher Typ.«

»Haben Sie sich Django nach den letzten Rennen immer so gründlich angeguckt, dass Ihnen eine – wenn auch vielleicht nur geringfügige – Verletzung an seiner den Außenrails zugewandten Seite mit Sicherheit aufgefallen wäre?«

»Ganz bestimmt. Ich putze ihn immer besonders sorgfältig. Aber wieso fragen Sie?«

»Weil ich nach dem Vorfall einen spontanen Verdacht hatte, für den ich auf dem Rennfilm allerdings keine Bestätigung finden konnte.«

»Was haben Sie denn vermutet?«

»Ich dachte einen Moment daran, dass auf Django geschossen worden sein könnte. Der Schütze hätte allerdings aus der Entfernung schießen müssen, da man auf dem Rennfilm sehen konnte, dass sich niemand in der Nähe der Außenrails aufgehalten hat. Eine Luftpistole wäre also nicht infrage gekommen, es hätte schon ein Luftgewehr sein müssen. Ein Diabolo-Geschoss aus einem Gewehr hätte jedoch in jedem Fall zu einer sichtbaren Verletzung geführt.«

»Das ist ausgeschlossen. Das wäre mir unbedingt beim Striegeln aufgefallen. Django war völlig unverletzt!«

Bevor Janine Django in den Transporter führte, hatte auch ich Gelegenheit, sein Fell akribisch zu untersuchen. Er hatte keine Schramme.

»Diese Vermutung habe ich allerdings schon aus einem bestimmten Grund für sehr unwahrscheinlich gehalten. Der Schütze hätte jedes Mal aus ziemlich weiter Entfernung schießen müssen, um nicht aufzufallen. Und ein Pferd in vollem Galopp zu treffen, ist selbst mit Zielfernrohr äußerst schwierig, zumal die Präzision von Luftgewehren nicht mit der von Jagdwaffen zu vergleichen ist.«

Es blieb dabei, wir alle – Besitzer, Trainer, Jockey, Janine und ich – waren gleichermaßen enttäuscht wie ratlos. Der Jockey konnte noch von Glück sagen, dass er nicht gestürzt war und sich schlimme Verletzung zugezogen hatte.

Die nach Lage der Dinge schwer zu treffende Viererwette zahlte lediglich 20.000:10 Euro Einsatz.

Wir verabredeten uns zu einem Abschlussgespräch am Abend im Haus des Besitzers, den sein hoher Wettverlust erheblich weniger schmerzte als die erneute unglückliche Niederlage seines Cracks.

»Schicken Sie mir bitte Ihre Rechnung, Herr Harper. Ich denke, wir sind mit unserem Latein am Ende.«

»Ich meine, wir sollten noch nicht aufgeben. Ich bin nämlich felsenfest davon überzeugt, dass wir es hier keineswegs nur mit Pech und unglücklichen Zufällen zu tun haben. Nachdem ich Django die ganze Woche beobachtet habe, bin ich sicher, dass er absichtlich erschreckt worden ist. Könnten Sie mir die Videoaufzeichnungen von Djangos letzten Rennen besorgen, damit ich diese noch einmal in Ruhe analysieren kann? Vielleicht ist bei der Auswertung doch etwas zu entdecken, was uns weiterhilft.«

Der Besitzer, ein sehr erfolgreicher Immobilienmakler, nickte nachdenklich und sah den Trainer an, der ebenfalls einverstanden war.

»Wenn Sie sich davon etwas versprechen, ist es den letzten Versuch wert. Die DVD's der Rennfilme können Sie übermorgen haben.«

Da ich mit meinem Fernglas Django nur aus der Perspektive auf die Innenseite der Bahn hatte beobachten können, war ich an den Rennaufzeichnungen interessiert, die das Feld von den Außenrails aufgenommen hatten. Denn erschreckt worden war Django zweifellos von der Außenseite der Bahn.

Als ich die gewünschten Rennaufzeichnungen erhalten hatte, sah ich sie mir bestimmt ein dutzendmal an, konnte jedoch nichts sehen, was mir weiter geholfen hätte.

Jedes Mal war er anscheinend ohne ersichtlichen Grund zur Seite weggebrochen. Und doch musste es eine gravierende Ursache des Erschrecken gegeben haben. Immer passierte es in einer entscheidenden Phase des Rennens. Schließlich wurde mir klar, dass ich vielleicht professionelle Hilfe von einem Spezialisten brauchen würde. Dabei dachte ich an besondere Vergrößerungen und Zeitlupeneinstellungen. Aus dem Branchentelefonbuch suchte ich die Adresse einer Firma für Videoüberwachungstechnik heraus und fuhr umgehend hin. Dort traf ich auf einen bärtigen Mann in einem karierten Holzfäller-Flanellhemd. Wie sich herausstellte, war es der Geschäftsinhaber. In einem mit Video-und Computertechnik voll gestopften Arbeitsraum saß lediglich noch ein junger Mann vor einem PC.

»Was können wir für Sie tun?«

»Ich habe hier mehrere Rennfilme von Galopprennen. Davon hätte ich gerne Vergrößerungen bestimmter Szenen und Zeitlupen. Bin ich da überhaupt richtig bei Ihnen?«

»Eigentlich verkaufen und installieren wir hauptsächlich Überwachungstechnik, aber auf Wunsch unserer Kunden sind wir natürlich auch bei der Auswertung behilflich. Diese können wir für Sie aber nicht kostenlos machen.«

»Das ist doch selbstverständlich. Ihre Arbeit bezahle ich Ihnen natürlich.«

Er wandte sich an seinen Mitarbeiter.

»Peter, komm doch mal her.«

Dieser stoppte seinen Job und kam zu uns rüber.

»Der Herr möchte gerne Sonderauswertungen seiner DVDs. Würdest Du Dich mal darum kümmern.«

Nachdem ich ihm gesagt hatte, worum es mir ging, legte er die erste DVD ein und ließ die zweiminütige Aufzeichnung erst einmal laufen. Dann startete er sie erneut.

»Sagen Sie „stop", wenn die Szene kommt, die Sie sich genauer ansehen wollen.«

Kurz vor dem Zwischenfall ließ ich ihn die Aufzeichnung anhalten.

»Können Sie das Bild vergrößern und die Szene langsamer laufen lassen?«

Aber auch bei der Vergrößerung und der Slowmotion dieser Rennphase fiel mir zunächst nichts Ungewöhnliches auf.

»Ist es möglich, die außen galoppierenden Pferde noch etwas zu vergrößern?«

»Mal sehen, das krieg ich hin.«

Nach einiger Fummelei gelang ihm tatsächlich eine noch deutlich vergrößerte Einstellung. Ich war an einen wirklichen Profi geraten. Auf meine Bitte hin versuchte er noch die Bildschärfe zu optimieren.

Dann fiel es mir auf. Ein sehr heller grüner Lichtpunkt wanderte von dem hinter Django galoppierenden Pferd langsam über Djangos Kruppe und von da weiter zu Djangos Kopf. In dem Moment, als der helle grüne Punkt Djangos Augenpartie erreichte, scheute er erschrocken und brach nach innen weg. Jetzt, da ich wusste, wonach ich suchen musste, entdeckte ich den grünen

Laserpunkt auch auf den übrigen Rennaufzeichnungen, die der geniale Peter eine nach der anderen genau so ablaufen ließ. Zweifellos war ein Laserpointer eingesetzt worden, um Django in Panik zu versetzen. Dabei konnte man leicht erkennen, dass die anderen Pferde nicht auf den Laserstrahl reagierten, selbst wenn er ihre Augen traf.

Django verband ganz ohne Zweifel mit dem Laser eine schlimme Erfahrung. Sobald ihn der Laserstrahl traf, wurde er offenbar an ein traumatisches Erlebnis erinnert.

Nachdem ich die speziell für mich aufbereiteten Aufzeichnungen der entscheidenden Rennphasen auf DVD an mich genommen hatte, bedankte ich mich für die große Hilfe und bezahlte. Als Anerkennung für seine gute Arbeit gab ich dem cleveren Peter einen Zwanziger, worüber er sich sehr zu freuen schien.

Anderntags rief ich den Trainer an und teilte ihm mit, dass ich des Rätsels Lösung entdeckt zu haben glaubte. Er machte einen sehr überraschten Eindruck und konnte eine gewisse Skepsis nicht verbergen.

»Da bin ich aber mal gespannt, was Sie herausgefunden haben wollen. Sind Sie sicher, dass Sie sich auch nicht täuschen?«

»Ich glaube, ich kann Ihnen beweisen, wodurch Django so erschreckt worden ist. Wann können wir uns treffen?«

»Am besten morgen Abend bei mir. Ich benachrichtigte auch Djangos Besitzer.«

»Einen DVD-Player haben sie ja wohl. Ich muss Ihnen die Rennszenen noch einmal zeigen, damit Sie verstehen, was passiert ist.«

»Bis morgen dann!«

Als ich am nächsten Abend vorfuhr, sah ich schon den Bentley des Besitzers vor dem Haus stehen.

Die beiden saßen im Wohnzimmer und konnten es kaum erwarten, meine Geschichte zu hören. Sie vermochten sich noch immer nur schwer vorzustellen, dass es mir tatsächlich gelungen sein sollte, des Rätsels Lösung zu finden. Ich beschloss, es spannend zu machen, damit sie meine Arbeit auch entsprechend zu würdigen wussten.

»Wie wir schon vermutet hatten, handelt es sich um kriminelle Wettmanipulationen. Bei dem Wettcoup geht es eindeutig darum, den Favoriten aus der Viererwettenplatzierung zu eliminieren, den fast alle Wetter als Stellpferd setzen. Die Wettgangster konnten dann die Viererwettenkombinationen mit höheren Einsätzen wetten und bei den zu erwartenden Quoten lukrative Gewinne erzielen. Dass sie mit den erhöhten Einsätzen auch die Quoten gedrückt haben, spielte keine Rolle, da sie die richtige Kombination auch mit weit höherem Einsatz als dem Mindesteinsatz von 50 Cent getroffen haben. Ich nehme außerdem an, dass sie von speziell auf diese Rennen vorbereiteten Pferde wussten, die sie als sichere Stellpferde neh-

men   konnten.
Aber wem erzähle ich das ...?«

Ihre ungeduldigen Mienen zeigten deutlich, für wie überflüssig sie meine Vorrede hielten.

»Ja, das ist uns schon klar. Aber wie konnten sie die Rennen so manipulieren, dass es keinem aufgefallen ist?«

»Das war auf den normalen Rennaufzeichnungen auch nicht zu sehen. Erst bei der Auswertung der Rennfilme durch Spezialverfahren konnte ich entsprechende Beobachtungen machen. Den Auslöser für Djangos Panikreaktion habe ich nur dadurch entdeckt, dass ich die Aufzeichnungen sozusagen unter die Lupe genommen habe.«

Jetzt hingen sie förmlich an meinen Lippen und waren derart gespannt auf meine überraschende Entdeckung wie kleine Kinder auf das Erklingen von Christkinds Glöckchen zur Weihnachtsbescherung.

»Bei sehr starker Vergrößerung der Renn-filme lässt sich ein greller grüner Laser-punkt ausmachen, der Django sofort in Pa-nik versetzt, wenn er sein Auge trifft. Wie Sie gleich sehen werden, wird er mit einer Laserpistole geblendet und scheut aus die-sem Grund. Diese Laserattacke ist auf allen Filmen zu erkennen.«

Ich ließ die entsprechenden Szenen laufen, und sie konnten sich von der Wirkung des eingesetzten Laserpointers selbst überzeu-gen. Beide waren sehr beeindruckt vom Er-gebnis meiner Recherche. Ich machte sie je-doch darauf aufmerksam, dass eine wichtige Frage noch nicht beantwortet war.

»Wenn wir jetzt auch zweifellos beweisen können, dass Django durch die Attacke mit der Laserpistole jedes Mal in panischen Schrecken versetzt worden ist, haben wir damit allerdings nur den ersten Teil des kriminellen Anschlags gelöst. Da Django – wie man auf den Rennfilmen sehen kann – als einziges Pferd durch den Laserstrahl erschreckt worden ist, wird dieser nur Signalwirkung gehabt haben. Er kündigte Django damit eine unmittelbar darauffolgende schmerzhafte Attacke an, der er sich durch sofortiges Ausweichen entziehen will. Da er diese aus der Richtung des Laserstrahls erwartet, bricht er abrupt nach innen weg. Sein Erschrecken kann nur auf einer traumatischen Erfahrung beruhen, an die er durch den auf ihn gerichteten Laserstrahl erinnert wird. Ich gehe davon aus, dass ihn nachts im Stall jemand mit einer Laserpistole geblendet und ihm gleichzeitig Schmerzen zugefügt hat. Deshalb hat Django diesen grünen Laserpunkt als Schmerzsignal in Erinnerung behalten. Da Hieb- oder Stichverletzungen auffällige Spuren hinterlassen hätten, müssen ihm Schmerzen zugefügt worden sein, die nicht entdeckt werden konnten. Ich bin beinahe sicher, dass es elektrische Stromstöße gewesen sein müssen, die ihm zum Beispiel mit einem Elektroschocker verabreicht worden sind. Auch wenn das in der Woche vor seinem letzten Rennen nicht passieren konnte, da ich Django bewacht habe, hat er sich im Rennen wohl wieder daran erinnert, als ihn der Laserstrahl traf.«

»Wer kann diese Schweinerei gemacht haben?«

»Es kann nur jemand vom Stallpersonal gewesen sein. Jeder hätte sich Zugang zum Stall verschaffen können. Das einfache Schloss lässt sich mit etwas Übung auch ohne Schlüssel öffnen.«

»Haben wir eine Chance, den Drecksack zu erwischen?«

Djangos Besitzer war außer sich vor Wut. Er hätte den Tierquäler am liebsten windelweich geprügelt.

»Da bisher niemand etwas von meinen Nachforschungen ahnt, werden sie es vielleicht noch einmal versuchen, wenn Django zum Beispiel in vier oder fünf Wochen erneut starten soll. Möglicherweise wollen sie dazu seine schmerzhaften Erfahrungen noch einmal auffrischen, da inzwischen ja viel Zeit vergangen ist. Wir könnten am Deckenbalken der leeren Nachbarbox eine lichtstarke Videokamera installieren.«

Dieser Plan fand Zustimmung und ich montierte die Kamera an einem der nächsten Abende in günstiger Position an dem Querbalken in der Nebenbox.

Zwei Wochen später fand ich eine Nachricht des Trainers auf meinem Anrufbeantworter.

»Rufen Sie mich bitte an. Ich habe Neuigkeiten für Sie!«

Am Telefon erzählte er mir dann, dass der Saboteur gefasst worden sei.

»Dazu haben wir nicht einmal die Videokamera gebraucht. Ihre Nachtwachen hatte Janine übernommen, um ihren Liebling zu beschützen. Vor drei Tagen hat sie dann einen der Stallburschen in flagranti erwischt. Mit Laserpistole und einem an einem Stab befestigten umgebauten Elektroschocker kam er nachts in den Stall. Als Janine ihre Taschenlampe anmachte und Krach schlug war er schnell gefasst. Diesen Stallburschen hatte ich erst vor fünf Monaten eingestellt. – Nochmals vielen Dank für Ihre gute Arbeit. Es war genau so, wie Sie vermutet hatten.«

Wie ich aus der Presse erfuhr, wurden die Verantwortlichen Hintermänner nie ermittelt. Nach Angaben der Polizei war der Stallbursche eines Tages von einem ihm unbekannten Mann in einer Kneipe angesprochen worden. Dieser hatte ihm für seine kriminelle Mithilfe jedes Mal einen Umschlag mit einem Fünfhunderter zugesteckt. Dem hatte er nicht widerstehen können und sich im Übrigen damit beruhigt, dem Pferd schließlich keine bleibenden Verletzungen zufügen zu müssen.

Wer Django während seiner Rennen mit dem Laserpointer so erschreckt hatte, konnte er auch nicht sagen.

Da die relativ kurze Pressemitteilung nicht auf die Einzelheiten einging, blieb der Öffentlichkeit der Einsatz der Laserpistole verborgen.

Beim darauffolgenden Start war Django lediglich dritter Favorit, und mein Buchmacher offerierte einen Festkurs von 50:10. Im Vertrauen auf ein störungsfreies Rennen wettete ich 300 Euro. Wie ich aufgrund meiner Beobachtungen beim Training erwartet hatte, war er auch hochüberlegen und verabschiedete sich in der Geraden mit sechs Längen Vorsprung ins Ziel. So belohnte ich mich für meine Bemühungen zusätzlich mit der Auszahlung von 1.500 Euro.

Kapitel 13

Wie schon so oft beobachtete ich ihn beim Tennisspielen und saß auf der Clubterrasse, vor mir ein großes Pils. Es war wirklich ein perfekter Sommertag, nicht zu heiß und mit knallblauem Himmel.

Plötzlich hastete eine offenbar sehr eilige junge Dame an meinem Tisch vorbei und stieß mit der Kante ihrer über die Schulter gehängten Tennistasche mein Bierglas um. Dabei lief auch Bier über meine Hose und sie entschuldigte sich erschrocken.

»Oh, entschuldigen Sie bitte, das tut mir so leid. Ich muss jetzt leider sehr schnell weg, ich komme aber gleich wieder und will sehen, wie ich das Malheur wieder gutmachen kann.«

Mit diesen Worten war sie auch schon verschwunden. Diese sehr kurze Begegnung reichte aus, um bei mir einen emotionalen Kick auszulösen. Sie war genau der Typ

Frau, der mir gefiel. Sie hatte brünette lange Haare, und ihr weiches Gesicht mit herz-förmigen Lippen und einem Grübchen am Kinn wirkten auf mich derart anziehend, dass ich hoffte, sie würde tatsächlich noch einmal wiederkommen. Ganz besonders reizvoll fand ich auch, dass sie – zumindest ansatzweise – eine niedliche Stupsnase hat-te.

Nach einer knappen Stunde kam sie wirk-lich wieder mit einem kleinen Mädchen an der Hand.

»Meine Tochter Anita. Um sie rechtzeitig von der Kita abzuholen, musste ich mich so beeilen.«

»Bitte, setzen Sie sich doch. Was möchten Sie trinken? Für Anita ist sicher ein großes Eis mit Sahne das Richtige.«

Obwohl sie protestierte, sie habe doch etwas gutzumachen, bestellte ich schließlich für sie einen Campari-Orange. Anita war vollauf glücklich mit ihrem Eisbrecher.

Als wir uns unterhielten, merkte sie bald, dass ich persönliches Interesse an ihr hatte. So erfuhr ich, dass sie nach dem Tod ihres Mannes vor zweieinhalb Jahren mit ihrer vierjährigen Tochter alleine war. In der Zeit nach dem tragischen Verkehrsunfall, bei dem ihr Mann ums Leben gekommen war, hatte sie glücklicherweise großen Rückhalt bei ihren Eltern gefunden. Der größte Trost in ihrer Trauer war natürlich ihre Tochter, die auch Tag für Tag ihr Recht forderte. Warum sie so offen zu mir war, konnte ich nur vermuten. Sicher war es eine Frage der Sympathie, aber wahrscheinlich erleichterte es sie auch, über ihre Trauer sprechen zu können. Und ich bin ja schon von berufswegen ein guter und verständnisvoller Zuhörer. Ihre Sympathie schien auch Anita zu teilen, wozu der Eisbrecher sicher das seinige beitrug. Der erste flüchtige Eindruck, den sie auf mich gemacht hatte, verstärkte sich noch erheblich, und ich wünschte mir sehr, sie wiederzusehen. Sie hieß Rosemarie und war durchaus daran interessiert, auch etwas über mich zu erfahren.

»Nein, ich spiele zwar auch Tennis, aber in einem anderen Club. Ich komme öfter hierher, weil mir die Clubterrasse und die Restauration gut gefallen.«

»Nein, ich bin nicht verheiratet und selbstständig.«

Als sie sich später verabschiedete, fragte ich sie, ob sie mal abends mit mir zum Essen ausgehen würde.

»Sie würden mir schon damit eine große Freude machen, dass ich nicht allein im Restaurant sitzen muss.«

Dabei hoffte ich inständig, dass sie mir keinen Korb geben würde.

Das erinnerte mich fast an meine erste Tanzstunde, als ich das Mädchen aufforderte, in welches ich mich auf den ersten Blick total verknallt hatte. Damals fürchtete ich mich so vor einem Nein von ihr und hätte nicht gewusst, wie ich das hätte ertragen sollen.

Dass ich mich jetzt bei meinem Alter und meiner Lebenserfahrung in einer vergleichbaren emotionalen Situation befand, kam völlig überraschend und unerwartet.

Doch sie erlöste mich sofort von meinem Zweifel.

»Ja gerne, ich bin in der letzten Zeit zu einem richtigen Stubenhocker geworden. Das wird mir auch guttun, einmal abends wieder auszugehen. Aber bitte unbedingt zwei Tage vorher Bescheid sagen, damit meine Mutter auf Anita aufpassen kann.«

Sie gab mir ihre Telefonnummer und ließ mich in einer Stimmung zurück, in der ich nur noch wünschte, meine kaputte Welt zu vergessen und den Glauben an eine heile Welt wiederzufinden.

Als ich sie ein paar Tage darauf abends abholte, sah sie noch reizender aus, als ich sie in Erinnerung hatte. Im kleinen Schwarzen und dezent geschminkt fand ich sie einfach hinreißend. Der wunderschöne Abend ließ

mich meinen profanen Alltag total vergessen. Als ich sie anschließend nach Hause
brachte, gab sie mir rechts-links ein Küsschen.

»Danke für den schönen Abend. Ich hoffe,
wir sehen uns bald wieder.«

»Schlafen Sie gut und grüßen Sie Anita von
mir.«

Ob ich wollte oder nicht, ich hatte mich in
sie verliebt. Bei früheren Beziehungen hatte
ich immer gleichzeitig Komplikationen befürchtet, die mich einschränken konnten o-
der zu Kompromissen zwingen würden.
Diesmal kam ich überhaupt nicht auf den
Gedanken, dass meine Freiheit gefährdet
sein könnte. Auf der Heimfahrt beschäftigte
mich nur die Frage, ob ich mich nicht so zu-
rückhaltend und einfühlsam hätte verhalten
sollen. Bewusst hatte ich es nämlich vermie-
den, den Versuch zu machen, sie wenigstens
andeutungsweise zu umarmen. Ich hatte
ganz bewusst auf jede besitzergreifende
Geste verzichtet. Hoffentlich hatte sie das

nicht falsch gedeutet und dennoch mitbekommen, was ich für sie empfand.

In den folgenden Wochen gingen wir noch mehrmals abends zum Essen aus. Sonntags machten wir oft einen Besuch im Zoo oder vergnügten uns mit Anita in einem Freizeitpark. Dabei gewann ich den Eindruck, dass Anita mich durchaus als Vaterersatz akzeptierte.

Als Rosi mich dann unerwartet im Büro anrief und mich bei ihr zum Essen einlud, freute ich mich sehr.

»Was soll ich uns denn kochen? Was isst du gern?«

»Wie wäre es mit Schweinefiletstreifen und Paprikagemüse im Wok. Dann stehst Du auch nicht so lange in der Küche.«

»Das ist eine gute Idee. Dazu koche ich Reis.«

Diesmal konnte ich den Samstagabend kaum erwarten. Ich kaufte rote Rosen und eine Flasche Grauburgunder und stand dann in bester Stimmung vor ihrer Tür. Als sie mir öffnete, sah ich ihr sofort an, dass ihr eine Laus über die Leber gelaufen war. Sie runzelte die Stirn und sah mich ernst und prüfend an.

»Was ist passiert. Was hast du?«

»Bitte komm erst mal rein und setz Dich.«

Sie ging in die Küche und holte eine Vase für die Rosen. Dann stand sie mit ärgerlicher Miene vor mir, und ich sah sie irritiert und fragend an.

»Warum hast Du mir verschwiegen, was Du beruflich machst?

Ich habe Dich im Branchentelefonbuch gefunden.«

»Ach so. Das ist es. Eigentlich habe ich es Dir bisher aus zwei Gründen noch nicht gesagt. Erstens wollte ich zu Anfang unserer Bekanntschaft vermeiden, dass Du mich vielleicht nicht für seriös genug halten würdest. Und zweitens ist ja mein Job nicht gerade prädestiniert dazu, eine Frau, die man für sich gewinnen will, zu beeindrucken. Ich denke dabei an die Vorurteile, die sich mit solchen Schlagwörtern wie „Spitzel" oder „Scheidungsschnüffler" verbinden. Ich bin zwar nicht besonders stolz auf das, was ich tue, aber schämen muss ich mich auch nicht. Außerdem bin ich in meinem Beruf durchaus erfolgreich. – Verschweigen wollte ich es Dir nicht. Ich hatte vor, es Dir zu sagen, wenn wir uns besser kennen.«

»Und Du bist ganz sicher, dass Du mir dann nicht auch noch sagen wolltest, dass Du verheiratet bist und Kinder hast?«

Ich lachte und nahm ihre Hand.

«Keine Sorgen, ich bin wirklich Single, war nie verheiratet und habe keine unehelichen Kinder. Ehrenwort.«

Sie lächelte wieder und entspannte sich. Dabei hatte ich den Eindruck, dass sich ihre Bedenken weniger auf die Art meiner Berufstätigkeit als auf meinen Familienstand bezogen hatten.

Nach dem Essen, auf das ich mich nach dem ständigen Restauranteinerlei zu Recht gefreut hatte, unterhielten wir uns lebhaft bis Mitternacht.

Sie amüsierte sich sehr über besonders kuriose Fälle aus meiner Praxis, die ich ihr pointiert erzählte.

Als ich schließlich auf die Uhr sah und aufstand, schien sie etwas verlegen zu sein und nach den richtigen Worten zu suchen.

»Ich hoffe Julian, dass ich Dich jetzt nicht zu sehr enttäusche. Ich mag Dich wirklich gern, aber wenn Du erwartet hast, dass Du heute Nacht bei mir bleiben kannst, so muss ich Dir sagen, dass ich noch nicht wieder soweit bin, mit einem Mann zu schlafen. Anita ist zwar bei ihrer Oma, aber ich bin emotional blockiert. Ich hoffe, du verstehst das.«

»Mach Dir darüber keine Gedanken Rosi. Ich verstehe Dich schon.«

Als ich mich von ihr verabschiedete, gab sie mir einen Kuss, bei dem mein Verlangen nach mehr so groß war, dass ich kaum widerstehen konnte, sie ganz fest zu umarmen. Ihre Figur, ihre Bewegungen und ihre wunderschönen Hände übten auf mich eine Anziehungskraft aus, die mich an diesem Abend kaum einschlafen ließen.

Kapitel 14

Am nächsten Tag stand wieder Routine auf dem Programm. Ein Überwachungsauftrag. Ein sehr erfolgreicher und viel beschäftigter Wirtschaftsmanager hatte gewisse Zweifel daran, dass sich seine junge mondäne Gattin – wie diese vorgab – ausschließlich mit extensivem Geldausgeben beim Shopping die Zeit vertrieb, wogegen er überhaupt nichts einzuwenden hatte. Er hatte einen leisen Verdacht, dass sie sich stattdessen mit einem Lover zu treffen pflegte.

Nachdem ich die junge Dame, deren Foto er mir gegeben hatte, von ihrem Haus bis zu einem Hotel in der City verfolgt hatte, machte ich eine Aufnahme von ihr und ihrem Begleiter, als sie das Hotel betraten.

Nach etwa 10 Minuten betrat auch ich das Hotel und wartete, bis der Mann am Empfang allein war. Dann ging ich zu ihm und zeigte ihm ihr Foto. Er kannte mich bereits von früheren Begegnungen und nahm bei meiner Frage den zusammengerollten Fünfziger, den ich ihm hinhielt.

»Ich hätte gerne den Namen, unter dem sich die Dame und der Herr eingetragen haben und die Zimmernummer.«

Diese Art von Geschäftsbeziehungen setzte natürlich äußerste Diskretion meinerseits voraus, die eine Vertrauensbasis schuf. Allerdings musste ich immer damit rechnen, dass Empfangsmitarbeiter meinen Bestechungsversuch entrüstet zurückgewiesen.

»Die Herrschaften haben Zimmer 417. Herr und Frau Möller.«

Seit ich Rosi kennengelernt hatte, gefiel mir diese Art von Aufträgen immer weniger. Leuten nachzuspionieren und ihren Ruf zu ruinieren, die lediglich eine Liebesaffäre geheimhalten wollten, erschien mir zunehmend schäbig und ich fühlte mich nicht mehr wohl dabei. Früher hatte ich merkwürdigerweise keinen Gedanken daran verschwendet, dass diese Art von Nachforschungen nicht gerade zu den ehrenwerten Aspekten meines Berufsstandes zählten. Sicher spielt es dabei eine Rolle, dass ich zum ersten Mal in meinem Leben ernsthaft über eine feste Bindung und das Zusammenleben mit einer Frau nachdachte. Mein Job passte allerdings überhaupt nicht so gut zu einem vorstellbaren Familienidyll. Ich war verunsichert und mein Gefühlsleben legte mir nahe, über die Zukunft nachzudenken.

Was mir dabei überhaupt nicht gefiel, war die Tatsache, dass ich vor der Wahl stand, mich für eine von zwei Alternativen zu entscheiden. In meiner Situation empfand ich die bisher immer wieder hinausgezögerte Entscheidung, wie ich mit dem eingegangenen mörderischen Pakt fertig werden sollte, als Damoklesschwert.

Ich konnte mich natürlich aus der Affäre ziehen, indem ich ihr die 50.000 Euro, von denen ich bisher nur sehr wenig ausgegeben hatte, kommentarlos in einen Umschlag zuschickte. Damit hätte sie gewusst, dass ich von unserem Deal zurückgetreten war.

Problematisch war allerdings dabei, dass ich mich mittlerweile moralisch verpflichtet fühlte, sie vor möglichen Mordabsichten ihres Ehemannes zu beschützen. Wenn ihre Beschreibung seines Charakters und die bewusst unterlassene Hilfeleistung den Tatsachen entsprachen, war er tatsächlich ein gewissenloser Psychopath, dem alles zuzutrauen war. Ich konnte sie in dieser Situation schlecht im Stich lassen und musste ihn unbedingt weiter observieren.

Weit intensiver dachte ich aus naheliegenden Gründen über die andere Alternative nach. Und sie beschäftigte mich mehr als mir lieb war. Es lief schlicht auf das Bonmot von Oscar Wild hinaus, wenn er sagt: „Ich kann allem widerstehen, nur nicht der Versuchung".

Das Verführungspotenzial war teuflisch verlockend. 1 Million würden mir einen neuen Start ermöglichen und mir helfen, meine privaten Wünsche zu realisieren, wobei Rosi natürlich eine Hauptrolle spielte. Wenn ich unseren Vertrag aufkündigte, gewann ich zwar meinen Seelenfrieden zurück, konnte aber meine Gedanken an eine Familienplanung wohl vergessen. Eine Familie zu unterhalten, passte finanziell nicht zu meinem Lebensstil, der eigentlich nach dem Rezept „von der Hand in den Mund" ausgerichtet war.

Meine Fixkosten waren überschaubar. Die Miete für mein kleines Appartement hielt sich sehr im Rahmen, und die Bürokosten konnte ich von der Steuer absetzen. Das gleiche galt für mein Auto. Und was meine Wetterei anging, so ergab sich im Großen und Ganzen eine ausgeglichene Bilanz.

Meinen persönlichen Bedarf konnte ich jederzeit flexibel nach meiner augenblicklichen finanziellen Situation gestalten. Falls nötig, konnte man auch von einer auf dem Marktplatz im Stehen gegessenen Erbsensuppe für 7 Euro satt werden.

Auch ohne Überwachung von Konstanzes Ehemann, über dessen Absichten ich mir Gewissheit verschaffen musste, hatte ich gut zu tun. Bei den meisten Aufträgen handelte es sich um Routine.

Für einen Mandanten brachte ich mehrfach als Kurierfahrer vertrauliche Vertragsdokumente nach Frankfurt, die ich nach dortiger Unterzeichnung anschließend wieder mitbrachte.

Ein Notar beauftragte mich, nach Erben zu suchen, die anderswo gemeldet waren, und ein Kaufhaus engagierte mich 14 Tage, da der Hausdetektiv im Krankenhaus lag. Das wurde nicht schlecht bezahlt, war aber furchtbar langweilig, weil ich die meiste Zeit verdonnert war, im Monitorraum zu sitzen.

Auch wenn ich tagsüber anderweitig beschäftigt war, vernachlässigte ich nicht meine Hausaufgaben und beschattete Robert dann nach Möglichkeit abends.

Ich machte mir nur Sorgen, wenn ich tagelang auswärts zu tun hatte. Dann konnte ich nur fest hoffen, dass er nicht ausgerechnet während meiner Abwesenheit Mordpläne schmieden würde. Zum Glück war er auch häufig auf Golfreisen, sodass ich mir während dieser Zeit keine Sorgen machen musste.

Ständig wurde ich aber die quälende Vorstellung nicht los, dass er mir zuvorkommen könnte. Ich fürchtete, mir in diesem Fall bittere Vorwürfe machen zu müssen wegen meiner Zauderei und meiner Unschlüssigkeit.

Kapitel 15

Obwohl ich immer noch nicht mit Rosi geschlafen hatte, ließ sie mich spüren, wie sehr sie mich mochte. Ihre Mutter war, wie ich schnell merkte, ein echter Fan von mir, ohne dass ich dafür eine schlüssige Erklärung gehabt hätte. Und bei Anita war ich sowieso angekommen.

Es war wirklich ein wunderschöner Sommer und ich fragte Rosi, ob sie sich nicht während der Kitaferien 14 Tage Urlaub nehmen könnte. Sie arbeitete in einer Boutique, die einer guten Freundin gehörte. Obwohl sie durch die hohe Lebensversicherung, die ihr Mann seinerzeit für sie abgeschlossen hatte, finanziell abgesichert war, machte ihr die Arbeit Spaß, und sie war froh, eigenes Geld zu verdienen.

Ich musste sie nicht lange überreden und mietete für uns drei eine Ferienwohnung in St. Peter Ording an der Nordsee. Ich hatte ihr von den endlosen Sandstränden und dem – zum Beispiel im Vergleich zur holländischen Küste – sehr sauberen Wasser erzählt. Ich sagte ihr, dass ich dort schon mehrmals meinen Urlaub verbracht hatte und die Landschaft der gesamten Eiderstädt-Halbinsel besonders mochte.

Die Fahrt über Hamburg durch den Elbtunnel und Schleswig-Holstein ging ohne größere Staus vonstatten. Unsere Ferienwohnung am Ortseingang von St. Peter in einem zweistöckigen Haus mit Garten war groß und gemütlich. Zum Strand konnte man mit dem Auto fahren, da hinter den Strandkörben eine große Parkfläche zur Verfügung stand.

Das war sehr bequem, da man Spielsachen für Anita und ein aufpumpbares Gummiboot, die große Kühltasche sowie Schaufeln für die Sandburg im Kofferraum transportieren konnte und nicht den kilometerlangen Weg zum Strand tragen musste.

Rosi und Anita waren begeistert von dem weiten Sandstrand und dem für Kinder ungefährlichen Badespaß, da das Wasser bei Flut kilometerweit über vorgelagerte Sandbänke bis nahe an den Strandkorbbereich floss. Man musste bei Ebbe schon ein paar 100 m über die Sandbänke hinausgehen, wenn man schwimmen wollte. Bis dahin war das Wasser so seicht, dass man auch Kleinkinder unbesorgt im Meerwasser planschen lassen konnte.

Bevor ich Rosi diesen Urlaub vorgeschlagen hatte, war ich Zeuge einer Unterhaltung zwischen Robert und seiner Flamme geworden, die im Auto darüber gesprochen hatten, einen Urlaub in der Karibik zu machen. Insofern konnte auch ich mich entspannt erholen, ohne befürchten zu müssen, dass Robert in der Zwischenzeit etwas ausheckte.

Die Tage mit Rosi und Anita am Meer waren einfach herrlich. Während sich Rosi gerne im Strandkorb sonnte, machte ich mit Anita weite Spaziergänge an dem unendlich langen Strand. Mit erstaunlicher Ausdauer sammelte sie Muscheln, Krebsschalen, Möwenfedern und bunte Kieselsteine. Zurück in unserer Strandburg kippte sie ihr Sammelgut aus der Plastiktüte, die ich tragen durfte, und sortierte ihre Fundstücke.

Wenn die Sonne nicht schien, machten wir Ausflüge in die landschaftlich reizvolle Umgebung. Besonders angetan hatten es Anita die Deichschafe, an denen wir auf dem Weg zum Westerhever Leuchtturm, dem Wahrzeichen der Eiderstädt-Halbinsel, vorbeikamen. Begeistert machte sie uns auf die einzelnen schwarzen Schafe in der Herde aufmerksam.

Unsere Ferienwohnung hatte Wohnzimmer, Küche, Bad, ein kleines Kinderzimmer und ein Elternschlafzimmer mit Doppelbett. Als ich Rosi anbot, im Wohnzimmer auf der Couch zu schlafen, lachte sie nur und sah mich amüsiert an.

»Hör auf mit dem Quatsch. Du wirst schon nachts nicht über mich herfallen.«

Am ersten Abend schmiegte sie sich an mich und schlief in meinen Armen ein. Obwohl auch in den nächsten Tagen nicht mehr passierte, war ich glücklich, sie neben mir zu spüren. Ich wollte sie zu nichts drängen, wozu sie nicht wirklich bereit war und beschloss, ihr die Initiative zu überlassen.

Am Ende der ersten Ferienwoche aßen wir abends in einem der Stelzenrestaurants am Strand zwei große Nordseeschollen mit Krabben, während Anita Currywurst mit Pommes vorzog.

Zurück in unserer Ferienwohnung tranken wir noch eine Flasche Wein und freuten uns über den gelungenen Urlaub. Als Anita nach ihrer obligatorischen Gute-Nacht-Geschichte eingeschlafen war, hatten wir von dem Wein und den im Restaurant vorher getrunkenen Jever-Pils einen angenehmen Schwips.

Bevor wir zu Bett gingen, machte ich mich wie an den Tagen zuvor als Erster im Bad fertig und wunderte mich dann, wieso Rosi so lange brauchte. Als sie aus dem Bad kam, bemerkte ich, dass sie sich hübsch gemacht und Parfüm benutzt hatte.

Sie setzte sich auf ihre Bettseite und zog ihr Negligé über den Kopf. Mit einem koketten Augenaufschlag rutschte sie zu mir herüber.

»Na, wie gefall' ich Dir?«

»Als ob Du das nicht schon lange wüsstest. Du weißt doch genau, dass mir einfach alles an Dir gefällt, Rosi.«

Sanft küsste ich sie auf den Mund, ihre Brüste und nahm sie fest in die Arme. Ich zog sie auf mich und streichelte ihren Rücken und ihren Po. Dann küssten wir uns mit heißem Verlangen nach mehr.

Ich war so aufgeregt wie ein kleiner Junge, der am Weihnachtsabend nach dem ganzen „Oh Tannenbaum..." endlich seine elektrische Eisenbahn auspacken und mit ihr spielen durfte. Es war ein Glücksgefühl, das ich noch nie so intensiv empfunden hatte. Ich durfte sie überall berühren und ihre intimsten Stellen sanft streicheln, wobei sie sich an meine Hand presste.

Dann nahm sie meinen Penis in die Hand und führte ihn langsam ein. Ich hatte mich so danach gesehnt, dass ich nach gerade einer Minute förmlich explodierte. Für einen Liebhaber kam das wohl einem Offenbarungseid gleich. Als ob dem Kind mit seiner Eisenbahn der ganze Zug bei der Jungfernfahrt schon in der ersten Kurve entgleist und in die liebevoll aufgebaute Bahnhofkulisse mit den wartenden Reisenden gekracht und bereits etliches zu Bruch gegangen wäre. Ich fühlte mich dementsprechend kläglich. Doch sie schien keineswegs enttäuscht zu sein und blieb völlig entspannt in meinen Armen liegen.

»Ich liebe Dich Rosi und hatte mich so sehr danach gesehnt, mit Dir zu schlafen, dass ich leider viel zu schnell schlapp gemacht habe.«

»Ach Unsinn, es war wirklich wunderschön mit Dir und Du bist genau der Mann, der mir gut tut.«

Sie küsste mich lange und zärtlich, sodass ich meinen Frust vergaß.

An den folgenden Tagen liebten wir uns ohne die Hitze der allzu lange aufgeschobenen Sehnsucht, so wie ich es mir erträumt hatte. Ich war sehr glücklich und jedes Mal von Rosis attraktiver Weiblichkeit und ihrer Hingabe entzückt.

Als die Ferien zu Ende gingen, waren wir schon etwas traurig. Aber mein Alltag war anders als vorher. Ich hatte Rosi für mich gewonnen und nicht die Absicht, sie wieder herzugeben.

Kapitel 16

Seit ich Rosi kennengelernt hatte, musste ich oft an meine Eltern denken. Meine schöne Mutter starb, als ich 15 war. Für meinen Vater und mich brach damit die Welt zusammen. Ich brauchte Jahre, um meinen unbeschreiblichen Schmerz und meine grenzenlose Wut auf Gott und die Ungerechtigkeit des Schicksals zu überwinden und die Normalität des Lebens wieder zu akzeptieren. Mein Vater hat nach dem Tod meiner Mutter nie mehr seine spontane Lebensfreude zurückgewinnen können. Ich habe ihn nie mehr danach wirklich glücklich gesehen. Wichtig war ihm weiterhin nur, sein Leben mit Anstand und Stil zu absolvieren. Er freute sich jedoch immer sehr, wenn wir zusammen sein konnten und uns an glückliche Zeiten zu dritt erinnerten. Die Erinnerung an meine Mutter, die uns beiden so viel bedeutet hatte, stand dabei immer im Mittelpunkt

Als mein Vater vor vier Jahren starb, habe ich auch um ihn lange getrauert.

Wenn ich an meine Schulzeit zurückdenke, so muss ich sagen, dass er mit mir wirklich keinen Glücksgriff getan hatte. Meine Zensuren waren durchweg miserabel, und ich drehte auf der Penne zwei Ehrenrunden. Aus gegebenem Anlass wäre ich außerdem um ein Haar von der Schule geflogen, wenn mein Vater nicht mit seiner gewinnenden Persönlichkeit interveniert hätte.

Ich kann mich aber an kein einziges Mal erinnern, dass mein Vater mir böse Vorwürfe gemacht hätte. Stets nahm er meine Misserfolge nachsichtig zur Kenntnis und ermutigte mich immer. Seine Liebe zu mir blieb immer völlig unbeeinflusst von meinem schulischen Versagen und meinen Leistungsdefiziten. Ich fühlte mich von ihm als Persönlichkeit akzeptiert und geliebt. So freute ich mich in erster Linie für ihn, als ich endlich mein Abi geschafft hatte. Als Rechtsanwalt begrüßte er natürlich auch meine Entscheidung für ein Jurastudium. Als ich dieses nach dem ersten Staatsexamen abbrach und mich später für meinen jetzigen Job entschied, machte er keinen Versuch, mich umzustimmen beziehungsweise sich in mein Leben einzumischen. Sein Vertrauen, dass ich schon meinen Weg im Leben finden würde, war unerschütterlich. Seine Toleranz und seine Gelassenheit habe ich sehr bewundert. Alltägliche Katastrophen und Pannen brachten ihn nicht aus der Fassung. Er handelte immer überlegt, zweckmäßig und effektiv. Seine Wertschätzung galt zwischenmenschlichen Beziehungen. Status, Geld und äußerer Glanz bedeuteten ihm wenig.

Wenn ich als Jugendlicher sportlich erfolgreich war, gab er mir das Gefühl, dies weit mehr zu schätzen, als wenn ich Klassenprimus gewesen wäre. Wahrscheinlich erschien ihm ein derartiger Nachweis der Lebenstüchtigkeit wichtiger.

Mein Vater fehlt mir sehr. Wie gerne hätte ich ihm oft noch etwas erzählt, was mich bewegte. Bestimmt von meinem Glück mit Rosi.

Kapitel 17

Mittlerweile war es Anfang August und ich beschäftigte mich gedanklich wieder mehr als mir lieb war mit meinem mörderischen Auftrag. Ich zweifelte immer stärker daran, dass es eine gute Idee war, ihn mit der Pistole zu erschießen. Es erschien mir ziemlich dilettantisch. Die Risiken, die sich durch die unmittelbare Konfrontation ergeben konnten, waren schwer kalkulierbar. Es bestand auch immer die Gefahr, bei der Tat selbst oder der Flucht vom Tatort von irgendjemandem zufällig beobachtet zu werden. Wenn es schon ein Schuss sein sollte, so hätte ich mir besser ein Gewehr mit Zielfernrohr besorgt. Damit hätte ich die Möglichkeit gehabt, den tödlichen Treffer gefahrloser aus größerer Entfernung abgeben zu können. Den umständlichen Erwerb der Pistole bereute ich schon fast. Aber der Kauf eines Gewehres, zum Beispiel per Internet, würde mit Sicherheit Spuren hinterlassen.

So war ich schon wieder am Ausgangspunkt meiner Überlegungen angekommen. Abgesehen von dem moralischen oder besser amoralischen Aspekt frustrierte mich auch die Einsicht, dass ich wohl wenig Talent zu einem kaltblütigen Killer besaß.

Die Beschattung setzte ich allerdings fort und hoffte immer noch, dass mir seine Gewohnheiten zu einem Einfall verhelfen würden. Schon bei seiner riskanten Fahrweise war ja nicht auszuschließen, dass er einen schweren Verkehrsunfall bauen konnte. Er war jedoch ein sehr routinierter Autofahrer mit schnellem Reaktionsvermögen.

Erst abends ließ sich mein Problem leicht verdrängen, wenn ich mit Rosi zusammen war. Ohne konkrete Absichten zu äußern, die auf Hochzeitsglocken und Standesamt hinausliefen, kannte sie meinen Wunsch nach einer festen Partnerschaft. Unsere Beziehung verlief ausgesprochen harmonisch. Wir verstanden uns nicht nur im Bett sehr gut, sondern hatten einen ähnlichen Sinn für Humor und viele gleiche Vorlieben.

Selbstverständlich waren meine Besuche in seinem Tennisclub nun schon deshalb unauffällig, da ich Rosi begleitete. Sie spielte ein- bis zweimal wöchentlich mit einer Freundin in einem Damendoppel, wobei ich ihr immer gerne zusah.

Der gute Robert hatte an der langen S-förmigen Bar im Clubrestaurant seinen Lieblingsplatz genau in der Einbuchtung des S. Er bevorzugte Gin-Tonic, nachdem er nach einem Tennismatch zunächst eine große Apfelsaft-Schorle getrunken hatte. Er war nicht nur wegen seines unbestreitbaren Charmes bei den Damen beliebt, sondern wurde auch immer von etlichen Kumpels mit lautem Hallo begrüßt.

Da ich beschlossen hatte, im Augenblick keine neuen Aufträge mehr anzunehmen, um ihn besser im Auge behalten zu können, wollte ich schon einem neuen Klienten, der mich anrief, einfach absagen.

Er war Chefarzt einer Klinik und seine Frau war – wie er mir mitteilte – auch als Ärztin tätig. Er fragte mich, ob ich seine 15-jährige Tochter Charlotte zu einem dreitägigen Reitturnier nach Koblenz begleiten könne, da er und seine Frau dieses Mal nicht wie an Wochenenden mitfahren könnten.

Auf einen derartigen Auftrag war ich auch gerade scharf! Gouvernante für einen pubertierenden Teenager zu spielen, der mir den letzten Nerv töten würde, fand ich etwa so reizvoll wie die Beaufsichtigung eines Frettchens in einem Hühnerstall.

»Wenn ich Sie richtig verstehe, soll ich sie mit Pferdeanhänger nach Koblenz kutschieren? «

»Ja, aber um das Pferd meiner Tochter müssen Sie sich nicht kümmern.«

Dummerweise sagte ich nicht, dass ich leider keine Zeit hätte, sondern wollte ihn mit einer überzogenen Forderung abschrecken.

»Mein Tageshonorar beträgt 450 Euro plus eventueller Spesen, wobei ich davon ausgehe, dass Sie das Hotel bezahlen.«

Aber wenn ich erwartet hatte, dass er mich für verrückt erklären und mit einem entsprechenden Kommentar ablehnen würde, sah ich mich getäuscht.

»Abgemacht. Seien Sie dann bitte am Donnerstag um 8:00 Uhr am Reiterhof, um meine Tochter mit ihrem Pferd abzuholen.«

Er nannte mir die Adresse, und ich wollte noch von ihm wissen, weshalb er ausgerechnet mich angerufen habe und mir seine Tochter anvertraute, ohne mich persönlich zu kennen.

»Sie sind mir von einem Freund als besonders vertrauenswürdig und zuverlässig beschrieben worden.«

Ich ärgerte mich über meine Zusage, wurde aber Donnerstag früh zunächst angenehm enttäuscht. Charlotte war nämlich keineswegs ein zickiger Teenager, sondern ein eher burschikoser Typ mit einer Kurzhaarfrisur. Ihren braunen Hengst hatte sie schon selbst aus dem Stall geholt und in den Hänger bugsiert. Ihre handfeste Art machte auch in den folgenden Tagen unsere Zusammenarbeit unproblematisch. Auf der Fahrt sprach sie über ihr Pferd und die Prüfungen, für die sie gemeldet hatte. Sie schilderte Torino, ihren achtjährigen Hengst, als ruhigen und gelassenen Typ, den so schnell nichts aus der Ruhe bringen könne. Auf ihn sei auch in einem Turnier unbedingt Verlass.

»Er wird die drei Tage in einer Gastbox untergebracht, und für uns hat Papa Hotelzimmer reserviert.«

Sie wollte wissen, ob ich Ahnung von Pferden hätte, ob ich verheiratet wäre und was ich sonst so beruflich machen würde.

»Nein, von Spring-und Dressurpferden verstehe ich nichts. Nur mit Galoppern kenne ich mich etwas aus.«

Das interessierte sie natürlich und beim Abendessen unterhielten wir uns lebhaft über Galopprennen. Sie amüsierte sich sehr über das, was ich ihr von meinen Wettnieten erzählte. Sie lachte Tränen über meine anschaulichen Schilderungen besonderer Rennen und vor allem über den bei Wettern üblichen Jargon, wenn sich ihre Tipps als chancenlos erwiesen. Dann schimpft der erfolglose Wetter auf sein Pferd und beklagt sich frustriert darüber, dass die platzierten Pferde „sich nicht lange mit seinem Gaul unterhalten hätten". Besonders spaßig fand sie den alten Galopperwitz, bei dem der enttäuschte Besitzer seinen Jockey vorwurfsvoll fragt, ob er denn nicht wirklich schneller im Ziel hätte sein können, worauf der Jockey trocken erwidert: „Sicher, aber ich musste ja beim Pferd bleiben!"

Bei den Qualifikationen am nächsten Tag schnitt sie sehr gut ab und war in bester Stimmung.

Da ich als Kiebitz dem Parcourbauer zusah, während sie mit Torinos Pflege beschäftigt war, kam ich mit ihm ins Gespräch. Er freute sich über mein Interesse und beantwortete geduldig auch meine naiven Fragen, wie er die unterschiedlichen Abstände zwischen den Hindernissen berechnen würde und wie eng die Bögen beim Wenden von einem zum anderen Sprung sein dürften.

»Das ist hauptsächlich Erfahrungssache. Vor der dreifachen Kombination passen zum Beispiel nur genau zwei Galoppsprünge, während zwischen dem Oxer und dem Wassergraben unbedingt mit vier Galoppsprüngen auf Tempo geritten werden muss.«

Die nächsten Tage verliefen für Charlotte durchaus erfolgreich. Dabei hätte sie sicher nicht einmal meine Tipps aus der Unterhaltung mit dem Parcourbauer gebraucht.

Einmal verpasste sie den Sieg nur hauchdünn und wurde Zweite; bei der anderen Konkurrenz schnitt sie als Dritte ab. Beide

Male stand sie mit auf dem Treppchen und war mit ihrem Erfolg sehr zufrieden.

Als ich sie und Torino nach Hause gebracht hatte, bedankte sie sich mit einem Küsschen auf meine rechte Wange und machte einen glücklichen Eindruck.

Kapitel 18

Aus heiterem Himmel bot sich mir völlig unerwartet die große Chance. Als ich wieder einmal am späten Nachmittag an der Bar des Tennisclubs saß, bekam ich eine Unterhaltung zwischen Robert und seinem Tennispartner mit, die sich nach ihrem Match dort hingesetzt hatten. Nur drei Barhocker von ihnen entfernt, hörte ich jedes Wort. Er erzählte, dass er sich bei einem Golfturnier in Baden-Baden angemeldet hätte, das dort von Freitag bis Sonntag stattfände. Seinem Partner, der Baden-Baden offensichtlich noch nicht kannte, schilderte er den besonderen Freizeitwert der Stadt an der Oos.

»Ich habe für die gesamte nächste Woche im Hotel Tannenhof reserviert, um da gleichzeitig Urlaub zu machen. Das Schwarzwaldklima, das Thermalbad und die tolle landschaftliche Umgebung bedeuten Erholung pur. Die Gartenanlagen am Kurpark entlang der Oos liebe ich besonders. Dort lese ich morgens immer die Tageszeitungen.«

Robert kannte sich wirklich gut in Baden-Baden aus. Im Laufe des Gesprächs erwähnte er auch die Top-Restaurants und Wandertouren, wie den Panoramaweg auf dem Baden-Baden umgebenden waldreichen Höhenzug.

»An den Tagen vor Beginn des Golfturniers werde ich wieder einige Wandertouren machen und abends ins Spielcasino gehen.«

Sein sichtlich beeindruckter Tenniskumpel wollte wissen, wo denn der Golfclub war.

»Der Golfplatz liegt auf einem Höhenplateau im Westen. Wenn man die Hauptausfallstraße zu dem westlichen Bergrücken hinauffährt, passiert man den auf halber Strecke liegenden Südwestfunk. Direkt daneben ist mein Hotel, von dessen Frühstücksterrasse man eine traumhafte Aussicht auf die Stadt im Oostal hat.«

Ich muss zugeben, dass ich seine Begeisterung für die Qualitäten von Baden-Baden voll und ganz teilte, auch wenn für mich immer die Galopprennen in Iffezheim im Mittelpunkt gestanden hatten.

Obwohl er sich dort gut auszukennen schien, bezweifelte ich doch, dass er Stadt und Umgebung so gut kannte wie ich. Schließlich kannte ich Baden-Baden seit 20 Jahren von meinen alljährlichen Besuchen anlässlich der Großen Rennwoche Ende August mittlerweile wie meine Westentasche. Es dürfte wohl kaum einen reizvollen Spazier- oder Wanderweg geben, den ich nicht schon gegangen war. Gedanklich ließ ich noch einmal die romantische Umgebung und alle interessanten Örtlichkeiten Revue passieren. Dabei boten sich verschiedene Möglichkeiten an, die sich für einen Anschlag aus dem Hinterhalt eigneten. So gab es schon im alten Ortskern rund um den Kirchplatz sehr viele enge verwinkelte Gassen und eine schmale im Zickzack emporführende Steintreppe, die zu einer hoch über der Kirchenturmspitze gelegenen Aussichtsterrasse führte. Ich dachte auch an die Vielzahl einsamer Wanderwege durch die bewaldeten Höhen. Ein besonders abwechslungsreicher – allerdings sehr steiler – Weg verlief zum Beispiel über weite Obstbaumwiesen und durch dichten Wald hinauf zum „Alten Schloss". Dieses ist eine alte, in und an den Fels gebaute mächtige Burganlage hoch über dem Oos-Tal. Diese wirklich imposante Burgruine war ab dem 11. Jahrhundert als Burg Hohenbaden Sitz der Markgrafen von Baden. Von ihrem Turm hat man einen herrlichen Blick über Baden-Baden und die gesamte Rheinebene. Wenn man von der Autobahn auf die nach Baden-Baden führende Europastraße einbiegt, kann man dieses Wahrzeichen der Stadt schon von weitem erkennen. Der Wanderweg hinauf zum „Alten Schloss" war wie gesagt reichlich anstrengend und teilweise recht einsam.

Dies alles schoss mir durch den Kopf und ich fasste den Entschluss – zum ersten Mal auch ohne Galopprennveranstaltung – ebenfalls nach Baden-Baden zu fahren.

Abends rief ich in dem Apartment-Hotel am Ende des Kurparks an, wo ich seit mehr als einem Jahrzehnt während der Rennwoche im August immer gewohnt hatte. Dort reservierte ich für die kommende Woche.

Als ich Rosi mitteilte, dass ich beruflich in Baden-Baden für voraussichtlich eine Woche zu tun hätte, ermahnte sie mich lediglich lachend, nicht mein ganzes Geld im Casino zu verspielen.

Wie üblich nahm ich die linksrheinische A 61 und fuhr dann vor Karlsruhe wieder über den Rhein nach Baden-Baden.

Nachdem ich in meinem gewohnten Apartment geduscht hatte, machte ich mich auf den Weg durch den Kurpark zur Innenstadt. Dieser dauert normalerweise gut 20 Minuten, immer an der Oos entlang. Diesmal unterbrach ich meinen Spaziergang für einen kurzen Rundgang durch den weiträumigen sehenswerten Rosengarten der „Gönneranlage" gegenüber den Plätzen des Badener Tennisclubs. Hier blühten hunderte preisgekrönte Zuchtrosen. Neben den jeweiligen Rosen des Jahres konnte man die Preisträger großer Zuchtausstellungen bewundern und einen Überblick über die Entwicklung der Rosenzucht gewinnen. Die Vielzahl der Blütenfarben und -formen faszinierte mich immer wieder. Danach freute ich mich auf mein Filetsteak mit Spätzle im „Wallstreet", einem Restaurant in amerikanischem Stil direkt an der Oos und gegenüber dem Spielcasino. Bessere Steaks habe ich bisher nirgends gegessen, und auch diesmal wurde ich nicht enttäuscht. Anschließend trank ich noch im „Löwenbräu" in der Innenstadt ein Paulaner. Man saß dort sehr gemütlich auf einer großen Terrasse im Freien und es war schon spät, als ich mich wieder auf den Rückweg machte.

Wie immer schlief ich bei offenem Fenster in der guten Schwarzwaldluft tief und fest.

Am nächsten Morgen vergewisserte ich mich, ob Robert im Tannenhof angekommen war. Um ca. 9:00 Uhr fuhr ich hoch und sah seinen Porsche auf dem Hotelparkplatz stehen. Ich fuhr sofort wieder zurück und parkte unten direkt an der Einmündung der Straße zur Innenstadt, die er nehmen musste. Um mir die Zeit zu vertreiben, stellte ich das Radio an. Kurz vor 11:00 Uhr kam er endlich und fuhr Richtung Zentrum. Ich folgte ihm vorsichtig und sah, dass sein Porsche in der Einfahrt zur Tiefgarage unter dem Augusta-Platz verschwand. Vermutlich würde er meistens dort parken, und ich bekäme die Möglichkeit, ihm gegebenenfalls dort aufzulauern. Ich musste jedoch sofort einsehen, dass dieser Ort für einen Anschlag denkbar ungeeignet war. Ständig holten Leute ihr Auto wieder ab oder fuhren zum Parken hinein. Vor allem aber musste ein Schuss hier ein derart lautes Echo verursachen, dass eine unbehelligte Entfernung vom Tatort mehr als problematisch erschien.

Bei herrlichem Wetter fuhr ich anschließend nach Baiersbronn, wo Harald Wohlfahrt, einer der bekanntesten und dienstältesten Drei-Sterne-Köche Deutschlands, im Tonbachtal das Restaurant „Schwarzwaldstube" berühmt gemacht hat. Dort gönnte ich mir ein exquisites Mittagessen und machte dann einen längeren Spaziergang durch die waldreiche Umgebung. Am späten Nachmittag war ich zurück in Baden-Baden und zog mich nach einer ausgiebigen Dusche für den Abend um. Mit weißem Hemd, rosa Schlips, heller Hose und Blazer machte ich mich auf zum Spielcasino. Dieses war im Vergleich zur Frequentierung bei der Großen Rennwoche nur schwach besucht, wofür wahrscheinlich auch das Überangebot an Spiel- und Wettchancen im Internet mitverantwortlich war. Die prunkvollen alten Säle des Badener Casinos bieten ein schlossähnliches Ambiente und eine Atmosphäre, die seinerzeit schon offensichtlich auch Dostojewski fasziniert hatte. So telegrafierte dieser – nach dem Verlust größerer Summen beim Roulette – bekanntlich an russische Mäzeninnen, dass sein schlechter Gesundheitszustand eine Verlängerung des Kuraufenthaltes dringend erforderlich machen würde, und seine Mittel dadurch erschöpft seien. Selbstverständlich bekam er auch von den russischen Verehrerinnen die erbetene finanzielle Unterstützung und konnte seine Kur am Spieltisch fortsetzen. Seine leidenschaftlichen Erfahrungen trugen letztlich entscheidend dazu bei, dass sein Roman „Der Spieler" einer der bedeutendsten Romane der Weltliteratur wurde.

Völlig passiv wollte auch ich nicht bleiben und wechselte an der Kasse 200 Euro um. Ich war neugierig, wie sich bei mir das Quersummensystem bewähren würde. Sehr viel Spaß machte dieses schematische Platzieren der Einsätze allerdings nicht. So dauerte es zunächst immer Minuten, bis das

Tableau abgeräumt war, die Gewinne ausbezahlt und die neuen Einsätze getätigt worden waren. Dazu kamen meine persönlichen Wartezeiten, bis sich die abzuwartende Konstellation für meinen nächsten Spieleinsatz ergab. Obwohl die Quersummenzahlen recht ausgeglichen fielen, hatte ich nach gut zwei Stunden gerade einmal 80 Euro gewonnen, wie ich danach bei dem Rücktausch der Jetons feststellte.

In seiner golffreien Zeit beschattete ich ihn so gut wie ich konnte und wartete auf meine Chance. So passte ich ihn wieder einmal morgens ab, als er vom Hotel in die Stadt fuhr. Nachdem er seinen Porsche in der Tiefgarage abgestellt hatte, machte er sich diesmal nicht auf den Weg ins Zentrum, sondern blieb an der großen Bushaltestelle am Augusta-Platz stehen und wartete auf einen Bus. Als der Bus nach Oberbeuern kam, stieg er ein. Da ahnte ich, wohin er wollte und was er vorhatte.

Diesen Bus hatte ich schon oft genommen, um zum „Forellenhof" – der Endhaltestelle – zu fahren. Die Buslinie führt an der Oos entlang bis zu dem aus einer früheren Fernsehserie bekannten Hotel „Forellenhof", das in Wahrheit „Hotel Fischkultur" hieß. Dieses lag nämlich neben einem großen Forellenzuchtbetrieb mit mehreren Aufzuchtbecken. Dort konnte man in einem kleinen Biergarten Forellen-Spezialitäten essen. Etwa 200 m entfernt geht es steil bergauf zum Panorama-Wanderweg über einen Höhenzug bis nach Baden-Baden. Dieser führt durch dichten Wald, Obstbaumwiesen und Felswegen mit blühenden Sträuchern. Zurück nach Baden-Baden braucht man ca. zweieinhalb Stunden. Diese lohnen sich schon angesichts der Aussicht und einer sehenswerten Naturkulisse.

Da er nicht mit seinem Wagen gefahren war, musste er diesen Rückweg geplant haben. Alternativ hätte er nur mit dem Bus wieder zurückfahren oder die öde asphaltierte Autostraße an der Oos entlang tippeln müssen.

In aller Ruhe fuhr ich dem Bus nach und parkte mein Auto ein paar 100 m vor dem Forellenhof in einer Pannenbucht. Dann nahm ich meine Pistole aus der Werkzeugtasche im Kofferraum und stieg den Weg hinauf. Jetzt brauchte ich nur noch eine geeignete Stelle im Wald hinter dichten Büschen zu suchen und auf mein Opfer zu warten. An einer passenden Stelle, an der ich ihn schon von weitem kommen sehen musste, setzte ich mich auf einen Baumstumpf und wartete. Die Gelegenheit erschien mir optimal. Nur sehr selten waren mir auf diesem Weg andere Wanderer begegnet, und infolge meines weiten Gesichtsfeldes konnte ich mich vorher vergewissern, dass niemand sonst in der Nähe war. Direkt nach der Tat konnte ich die Pistole im weichen Waldboden vergraben und sicher unbeobachtet zu meinem Auto zurückkehren. So viel zur Theorie. Aber würde ich abdrü-

cken können? Und wie oft sollte ich schießen, um sicher sein zu können, ihn getötet
zu haben? Sollte ich einmal oder mehrmals
schießen? Selbst nur ein Schuss wurde sicher von irgendjemand gehört werden, aber
bei zwei oder drei Schüssen würde sich
niemand mehr mit einer harmlosen Erklärung zufrieden geben. Nach einer guten
Stunde sah ich von weitem jemand kommen. Als er näher kam, erkannte ich ihn.
Mich konnte er hinter dem dichten Busch-
werk nicht sehen. Die Pistole fest in der
Hand machte ich mich bereit, mit ein paar
schnellen Schritten mein Versteck zu verlassen, sobald er mich passiert hatte, denn ich
hatte mich entschieden, ihn von hinten in
den Kopf zu schießen. So riskierte ich keine
Abwehrreaktion und vermied ein vis à vis.
Jetzt erreichte er die Büsche und passierte
meine Deckung. Zwei, drei, vier, fünf, sechs,
sieben Meter. Aber ich blieb wie erstarrt
bewegungslos stehen. Als ob jemand vergessen hätte, den „Go"-Knopf zu drücken.

Wie gelähmt verpasste ich den richtigen Augenblick und sah ihn um die nächste Wegbiegung verschwinden. Bestimmt zwei Minuten blieb ich noch reglos und total frustriert mit der Pistole in der Hand in meinem Versteck stehen. So arg- und wehrlos wie er war, hatte ich es einfach nicht fertiggebracht, in hinterrücks zu erschießen.

Wieso hatte ich nur derart versagt, als es darauf angekommen war? In diesem Moment war es mir auch ziemlich egal, ob fehlende Courage, eine moralische Hemmung beziehungsweise mein gutbürgerliches Gewissen mich letztlich daran gehindert hatten, ihn wie einen tollwütigen Hund niederzuschießen. Eines wusste ich allerdings genau: eine gewisse Erleichterung, nicht zum Meuchelmörder geworden zu sein, konnte den Verlust meiner Selbstachtung in dem Moment nicht entfernt kompensieren.

Zurück in meinem Appartement-Hotel bezahlte ich die Rechnung und fuhr umgehend nach Hause. Vielleicht war ich wenigs-

tens fähig, Konstanze gegebenenfalls erfolgreich vor einem Mordanschlag ihres Mannes
zu beschützen.

Kapitel 19

Zu meinen festen Geschäftsprinzipien gehörte auch, dass ich unter keinen Umständen Aufträge von Leuten annahm, von denen ich vermutete, dass sie in irgendeiner Verbindung zum kriminellen Milieu standen bzw. in organisierte Kriminalität verwickelt sein könnten. Die Gründe dafür lagen auf der Hand. Solche Mandanten sagen erfahrungsgemäß nie die ganze Wahrheit über die tatsächlichen Hintergründe ihrer Anliegen. Und wenn man sich ihrer annimmt, so erlebt man nicht nur ständig unangenehme Überraschungen, sondern ein derartiges Engagement kann außerdem auch leicht mit zusätzlichen Löchern in der Figur enden. Eine Übernahme derartiger Jobs zahlt sich nie aus.

Und um die Übernahme genau eines solchen „Himmelfahrtsauftrages" bat mich frühmorgens ein verzweifelter Anrufer.

»Guten Morgen, spreche ich mit der Detektei Harper?«

»Ja, am Apparat. Was kann ich für Sie tun?«

»Mein Name ist Johanidis, und ich brauche unbedingt Ihre Hilfe, denn ich weiß nicht, was ich machen soll. Vor einem Jahr habe ich ein Balkanrestaurant eröffnet. Und mir ist es auch gelungen, eine feste Stammkundschaft aus meinem Wohnviertel zu gewinnen. Vorgestern hat dann plötzlich ein Erpresser Schutzgeld von mir gefordert und mir damit Angst gemacht, wie leicht es doch zu einem Lokalbrand oder Mobiliarschäden durch eine Rockerbande kommen könnte, wenn man schutzlos sei. Außerdem könne man heutzutage ja nicht einmal ausschließen, dass mir oder meiner Familie ein Unfall zustoßen könnte. Er könne aber für meinen Schutz garantieren, wenn ich am Monatsanfang jeweils eine Schutzprämie von 1.000 Euro an ihn zahlen würde. Da der Mann wirklich zum fürchten aussieht, habe ich große Angst, dass etwas passieren könnte, wenn ich ihn nicht bezahle. Ich kann aber keinesfalls so viel bezahlen, wie er haben will. Meine Einnahmen müssen nicht nur für meinen Lebensunterhalt reichen, sondern außerdem für die teure Heimpflege meiner schwerbehinderten Tochter. Falls ich der Forderung nachkommen würde, könnte ich mein Restaurant auch gleich schließen.«

»Warum sind Sie denn nicht sofort zur Polizei gegangen?«

Die Polizei reagiert doch immer erst dann, wenn schon etwas passiert ist. Außerdem habe ich keine Beweise für die Schutzgelderpressung. Nur ein Gespräch mit einem Unbekannten unter vier Augen. Zudem muss ich doch täglich in der Zeitung lesen, dass in Deutschland die Rechte von Verbrechern oft besser geschützt werden als die der Opfer. Bitte helfen Sie mir!«

»Wie sind Sie denn ausgerechnet auf mich gekommen?«

»Ich will ehrlich zu Ihnen sein. Sie sind schon der Vierte, den ich um Hilfe bitte. Könnten Sie nicht versuchen, mir zu helfen?«

»Können könnte ich eventuell schon, aber wollen will ich nicht. Weshalb, will ich Ihnen einfach erklären.«

Als ich ihm die Gründe für meine Ablehnung erläutert hatte, bat er mich, ob ich ihm nicht zumindest einen Ratschlag geben könnte, wie er sich verhalten solle.

»Ich habe leider auf die Schnelle auch kein Patentrezept.«

»Darf ich Sie denn noch einmal anrufen? Vielleicht fällt Ihnen doch noch etwas ein, was mir helfen kann?«

»Natürlich, wenn Sie sich davon etwas versprechen. Aber ich bezweifele, ob ich Ihnen da einen Rat geben kann, um Ihr Problem zu lösen.«

Dann machte ich den Fehler, abends Rosi davon zu erzählen. Voller Mitleid bei der

Erwähnung der behinderten Tochter des Gastronomen appellierte sie vehement an meine Berufsehre.

»Du solltest wirklich versuchen, ihm zu helfen, Julian! Ich bin sicher, dass Du Dir etwas einfallen lassen kannst. Du hast doch immer gute Ideen, mit Problemen fertig zu werden.«

Um ihr allzu schmeichelhaftes – und kaum gerechtfertigtes – Vertrauen in meine beruflichen Fähigkeiten und meine Pfiffigkeit nicht zu enttäuschen, versprach ich ihr, mir zumindest Gedanken zu machen, wie ihm eventuell zu helfen war. Obwohl ich nicht damit gerechnet hatte, rief er mich tatsächlich schon zwei Tage später wieder an, wobei ich mich zu einem Treffen in seinem Restaurant bereit erklärte.

Er empfing mich wie einen alten Freund und war mir sehr dankbar, dass ich trotz meiner verständlichen Bedenken hilfsbereit war. Sein offensichtliches Vertrauen in meine professionelle Unterstützung wollte ich auch nur ungern enttäuschen.

»Ich habe mir etwas ausgedacht, wie ich Ihnen möglicherweise helfen könnte. Allerdings ist dieser Plan für Sie keineswegs ohne Risiko. Deshalb sollten Sie sich gut überlegen, ob sie dieses Risiko eingehen wollen und mit meinem Vorschlag einverstanden sind. In diesem Fall müssen Sie sich unbedingt genauestens an meine Anweisungen halten.«

»Bitte sagen Sie mir, was ich tun soll!«

»Wenn der Erpresser das nächste Mal kommt, bitten Sie ihn in die Sitzecke hinten links, um – wie Sie ihm sagen – ungestört mit ihm reden zu können. Dort lassen Sie vorher eine möglichst unauffällige Video-kamera installieren, die das Gespräch auf-nimmt. Um ihn zu eindeutigen Aussagen zu provozieren, werde ich Ihnen vorgeben, was Sie sagen und wie Sie sich verhalten sollen. Danach werde ich Ihnen erläutern, wie ich mir unsere Gegenwehr vorstelle. Ich hoffe, dass wir genügend Beweismaterial sammeln können, um ihn so zu verunsichern, dass er Sie künftig in Ruhe lässt. Dazu werde ich auch noch eigene Ermittlungen anstellen.«

»Nochmals vielen Dank für Ihre Hilfe, ich bin voll einverstanden mit Ihrem Plan und werde sofort morgen eine gute Videokamera anbringen lassen.«

Da ich keineswegs sicher sein konnte, dass meine Idee auch funktionieren würde, dachte ich besonders intensiv darüber nach, wie der gute Johanidis den Erpresser erfolgreich austricksen konnte.

Um seine Rolle überzeugend zu spielen, sollte er zunächst unbedingt über die Höhe des Schutzgeldes feilschen. Vor allem sollte er darauf bestehen, dass er die geforderten 1.000 Euro beim besten Willen nicht zahlen könne. Um das Gespräch möglichst lange in Gang zu halten, sollte er bei der zu erwartenden Debatte die naive Bemerkung machen, dass er inzwischen die Versicherung gegen Feuer und Schäden am Restaurant so erhöht habe, dass ihm etwaige Schäden voll ersetzt würden. Deshalb sähe er eigentlich nicht ein, noch Schutzgeld zu zahlen. Erst nach weiteren massiven Drohungen sollte er sich dann zu einer Zahlung von maximal 500 Euro bereit erklären und dem Erpresser fünf Hunderter auf den Tisch blättern. Ich schärfte ihm ein, dass er den Erpresser veranlassen müsse, möglichst viel zu sprechen.

Nachdem ich ihm eingetrichtert hatte, was ich von ihm erwartete, dachte ich über die weiteren Schritte nach und nahm mir zunächst vor, den Schutzgelderpresser bei seinem nächsten Besuch am Monatsanfang zu beschatten.

Wie geplant parkte ich dann morgens gegenüber dem Restaurant und wartete auf das Erscheinen des Gangsters. Um kurz vor 10:00 Uhr sah ich eine massige Gestalt aus einer Seitenstraße kommend auf das Lokal zugehen. Nach einer guten Viertelstunde verließ der Erpresser das Restaurant wieder. Bei seiner Beschreibung hatte Johanidis keineswegs übertrieben. Der Kerl war fast 2 m groß und konnte schon seine Mitmenschen das Fürchten lehren. Er hätte geradezu der Zwillingsbruder des Luca Brazi, dem Vollstrecker des „Paten", sein können. Ich folgte ihm – Abstand haltend – zu Fuß auf der gegenüberliegenden Straßenseite. Da er keinen Gedanken daran verschwendete, sich auch nur ein einziges Mal umzusehen, brauchte ich nicht zu befürchten, als Verfolger entdeckt zu werden. Nacheinander besuchte er noch drei weitere Gaststätten in der Umgebung. Wahrscheinlich war, dass er auch diese heimsuchte, um abzukassieren. Unbemerkt nahm ich alles mit meinem Smartphone auf. Danach folgte ich ihm in sicherem Abstand zu seinem Auto, einem älteren schwarzen Mercedes 220, den er in einer kleinen Seitenstraße geparkt hatte. Als er dann an mir vorbeifuhr, notierte ich sein Kennzeichen.

Am Tag danach berichtete mir Johanidis ausführlich über den Verlauf seines Gesprächs mit dem Schutzgelderpresser. Es war ihm anscheinend gelungen, einen naiven Eindruck zu machen und den Finsterling damit aus der Reserve zu locken. Er hatte überzeugend gejammert, dass sein Umsatz zuletzt zu schlecht gewesen sei und er schließlich auch die Pflegeheim-Kosten für eine schwerbehinderte Tochter aufbringen müsse. – Der Erpresser zeigte sich davon allerdings völlig unbeeindruckt und drohte, dass er beim nächsten Mal auf 1.000 Euro bestehen würde und sich keinesfalls noch einmal mit nur 500 Euro zufrieden geben würde. Andernfalls könne ihm oder seiner Familie leicht etwas zustoßen, wofür Johanidis dann allein verantwortlich sei.

Kurzerhand rief ich danach meinen Freund Christian an, bedankte mich noch einmal für seine Hilfe im Heiratsschwindler-Fall und lud ihn zum Essen in ein renommiertes französisches Restaurant ein. Es wurde ein sehr unterhaltsamer Abend, da wir beide Interessantes zu erzählen hatten. Als er sich für meine spontane Einladung bedankte, konnte er sich allerdings eine misstrauische Bemerkung nicht verkneifen.

»Und Du hast nicht etwa noch ein Anliegen an mich, sondern mich nur aus alter Freundschaft und ohne Hintergedanken eingeladen?«

»Ja, was denkst Du denn. Aber wenn Du mich schon fragst, könntest Du mir doch einen kleinen Gefallen tun. Ich hätte gerne Namen und Adresse des Fahrzeughalters eines schwarzen Mercedes.«

Ich gab ihm den Zettel mit dem notierten Kennzeichen. Er nahm ihn und grinste.

»Hab ich es mir doch gedacht. Aber wenn das alles ist. Diese Gefälligkeit schulde ich Dir wohl für den netten Abend.«

Zwei Tage danach teilte mir Christian mit, dass das Kennzeichen auf einen Ivo Baranov zugelassen war. Dieser war Russlanddeutscher und seit zehn Jahren in Deutschland wohnhaft. Außerdem hatte er sich vergewissert, dass Baranov bis auf eine vier Jahre zurückliegende Verurteilung zu einer Bewährungsstrafe wegen Körperverletzung nicht weiter straffällig geworden war.

Das allein schon beweiskräftige Video ließ ich noch um die persönlichen Daten des Erpressers ergänzen und kopieren.

Als er Johanidis dann das nächste Mal aufsuchte, konfrontierte dieser ihn damit und händigte ihm statt des Schutzgeldes die Aufnahme aus. Dabei erklärte er ihm, dass eine Kopie bei seinem Rechtsanwalt deponiert sei. Dieser würde umgehend von dieser Gebrauch machen, falls ihm und seiner Familie etwas zustoßen sollte oder sein Restaurant zu Schaden käme. Solange er ihn unbehelligt ließe, bliebe die Polizei aus dem Spiel. – Obwohl der Schutzgelderpresser Johanidis unter wüsten Beschimpfungen und Drohungen verließ, hoffte ich, dass er klug genug war, ihn ab jetzt in Ruhe zu lassen. Auf das Restrisiko eines möglichen Racheaktes hatte ich Johanidis ja schon zu Anfang hingewiesen.

Kapitel 20

Dann kam der Tag, an dem eine Idee bei mir wie der Blitz einschlug. Nämlich genau so unerwartet und elementar.

Es war ein ruhiger Bürotag. Ich las die Morgenzeitung und überflog die politischen News sowie die einschlägigen Kommentare, ehe ich mir mehr Zeit für die Sport- und Fußballnachrichten nahm. Als ich schließlich zum Kulturteil kam, wollte ich die Zeitung schon weglegen, als eine Seite mit bunten Abbildungen mein Interesse weckte. Es waren hauptsächlich die großen farbigen Darstellungen und weniger das Thema der Zeitungsseite, das mich neugierig machte. Bei dem Artikel ging es um Pilze, da deren Hauptsaison bevorstand. Normalerweise hätte ich lediglich flüchtig die Bildunterschriften gelesen, wenn mir nicht direkt eine Zeile ins Auge gesprungen wäre, die mich dann veranlasste, den gesamten Text zu lesen.

Eigentlich war es nicht einmal eine komplette Zeile, sondern nur zwei Wörter, die mit fetter Schrift hervorgehoben waren. Der Satz endete mit der Aussage „...tödlich giftig".

Der Pilz, dessen Wirkung im Folgenden akribisch geschildert wurde, hatte den klangvollen lateinischen Namen „Amanita phalloides", allgemein bestens bekannt als Grüner Knollenblätterpilz. Dieser wurde besonders detailliert wie folgt beschrieben:

„Sein 5 bis 10 cm breiter flachgewölbter Hut ist gelboliv bis olivgrün und zur Hutmitte dunkler und ins Bräunliche tendierend. Der Stiel hat einen großen, lappig herunterhängenden Ring und ist unterhalb dieses Ringes grünlich genattert. Seine Lamellen sind reinweiß. Ein deutliches Erkennungszeichen ist, dass der an der Basis verdickte Stiel aus einer Scheide wächst, denn er gehört zur Gattung der Wulstlinge. An dieser Knollenhülle um die Stielbasis kann man ihn leicht erkennen".

Seine Erscheinungszeit wurde mit Juli bis Oktober angegeben und sein bevorzugter Standort mit „unter Eichen".

Fasziniert war ich besonders von der Beschreibung der Wirkung seines Pilzgiftes Amanitin. Dieses gehört – wie ich las – zu den Amatoxinen, besonders hinterhältigen und intensiven Zellgiften. Nach Angaben des Verfassers enthält bereits eine Menge von 50 g eine tödliche Dosis. Und im Gegensatz zu anderen Pilzgiftstoffen, die durch Kochen oder Braten abgebaut werden, lässt sich die Giftwirkung des grünen Knollenblätterpilzes weder durch Abkochen noch durch Trocknen reduzieren. Amanitin ist eines der stärksten und zugleich resistentesten Gifte.

Je weiter ich las, desto fesselnder wurde die Lektüre. Die Latenzzeit der Giftwirkungen wurde vom Autor mit 8 bis 24 Stunden nach dem Verzehr angegeben. Über den Verlauf und die Symptome der Vergiftung erfuhr ich, dass „es mit Magenschmerzen, Erbrechen und choleraähnlichem Durchfall, Blutdruckverlust, Pulsrasen, und Krämpfen beginnt, und danach eine ein- bis zweitägige Erholungsphase eintritt. In dieser Zeit werden aber bereits durch die Toxine über die Blutbahnen lebenswichtige Organe, vor allem die Leber, irreversibel geschädigt. Nach Gelbsucht, inneren Blutungen, Leberversagen und Bewusstseinsstörungen tritt schließlich der Tod ein."

Die relative Häufigkeit von Todesfällen durch den Verzehr des Grünen Knollenblätterpilz wurde auf die Tatsache zurückgeführt, dass dieser Pilz keineswegs selten ist, sondern recht häufig vorkommt.

Ich war sofort fasziniert von den Möglichkeiten, das heißt dem Mord(s)potenzial des Knollenblätterpilzes. Abgesehen von der absolut tödlichen Wirksamkeit seines Giftes lagen zwischen dem Zeitpunkt der Vergiftung und dem Auftreten der ersten Vergiftungserscheinungen viele Stunden. Somit war eine spätere medizinische Diagnose ohne konkreten Hinweis über die Ursache des Organversagens fast unmöglich.

Überwältigend erschien mir zudem die Tatsache, dass dieses tödliche Gift frei verfügbar und ohne Rezept oder illegalen Erwerb zu bekommen war. Man konnte es sich völlig kostenlos und vor allem ohne jeglichen Kontakt zu einer anderen Person verschaffen, durch welche eventuell eine Identifizierung befürchtet werden musste.

Diese Gedanken schossen mir durch den Kopf und ließen mich nicht wieder los. Selbstverständlich konnte man sein Opfer nicht zu einer Pilzmahlzeit zwingen, wie im Falle der in einem Witz wegen Mordes vor Gericht stehenden Witwe, die nach dem Tod ihres dritten Mannes, den sie mit der Bratpfanne erschlagen hatte, zugab, dass dieser der erste war, der sich geweigert hatte, ihre Pilzpfanne zu essen. – Mir war schon klar, dass man das Amanitin extrahieren musste.

Um mich umfassend über diesen Pilz und sein Zellgift zu informieren, sah ich mir in einer Buchhandlung ein halbes Dutzend Pilzführer an. Aufschlussreich war insbesondere ein Taschenbuch, indem eine Methode zum Nachweis des Knollenblätterpilzes beschrieben wurde, wenn lediglich noch ein kleineres Bruchstück zur Verfügung stand. Dieses wurde ausgepresst und der Saft auf holzartiges Zeitungspapier geträufelt. Nach dem Eintrocknen wurde etwas Schwefelsäure darauf gegeben. Färbte sich daraufhin das Papier blau, so handelte es sich um das Knollenblätterpilz-Amanitin. Es reichte also, den Pilzsaft zu gewinnen.

Spontan fasste ich einen Entschluss und sagte Rosi, dass ich wegen eines Beschattungsauftrages eine Woche verreisen müsse, da meine Zielperson zu einem Kongress fahren würde. Weitere Erklärungen musste ich nicht abgeben, da sie sich nicht weiter für das Wo und Wie interessierte.

Ich mietete telefonisch ein Hotelzimmer in der Vulkaneifel in einem Haus, dessen Anzeige ich in der Zeitung gelesen hatte. Das

Hotel warb mit einem Wellnessangebot und Zusatzarrangements für Urlauber. Es lag in einem kleinen Ort nahe der luxemburgischen Grenze umgeben von großen Waldgebieten.

Nach knapp drei Stunden kam ich dort an, nachdem ich mich einmal etwas verfahren hatte. Ich aß im Hotel und brach dann sofort zu einem kurzen Waldspaziergang auf. Wie ich allerdings schon vermutet hatte, sah ich dabei keinen einzigen Pilz.

Gut ausgeschlafen und mit einer Wanderkarte des Hotels ausgestattet machte ich mich am nächsten Morgen zu einer größeren Waldwanderung auf. Obwohl ich mehrere Stunden unterwegs war, fand ich lediglich diverse andere Pilze. Aufgrund meines frisch erworbenen Wissens konnte ich sogar einige sicher bestimmen. Insbesondere sah ich häufiger bunte Täublinge und eine Gruppe von Fliegenpilzen am Rande einer Fichtenschonung. Von der stundenlangen vergeblichen Suche nach Knollenblätterpilzen war ich schließlich ziemlich frustriert. Dabei hatte ich unter jeder Eiche nach Pilzen gesehen.

Natürlich hatte ich schon damit gerechnet, einige Tage nach ihnen suchen zu müssen, aber dass es so schwierig werden würde, ein paar Exemplare des Grünen Knollenblätterpilzes zu finden, hatte ich nicht erwartet. Meine Enttäuschung wuchs von Tag zu Tag.

Schließlich hatte ich den Einfall, der einzigen Dorfkneipe abends mal einen Besuch abzustatten. Sie war recht voll und fast ausschließlich von Einheimischen aus bäuerlichem Milieu bevölkert.

Ich trank zunächst ein Pils an der Theke und sah mich um. Besonders auffällig und lautstark war eine größere Stammtischrunde. Zu dieser ging ich hinüber und machte mich bemerkbar.

»Entschuldigen Sie bitte die Störung, aber ich brauche mal Ihren Rat, da ich mich hier in der Umgebung nicht auskenne.«

Erstaunt und neugierig musterten sie mich.

»Ich bin Fotograf und muss für meinen Verlag attraktive Pilzfotos machen, um einen Bildband zu illustrieren. Dazu brauche ich wohl Ihre Hilfe, das heißt Ihre Ortskenntnisse.«

Sie schienen keineswegs ungehalten über die Unterbrechung ihrer Gespräche. Sie betrachteten mein Anliegen offenbar als willkommene Abwechslung ihrer Wirtshausroutine und mich selbst als interessante exotische Erscheinung, sozusagen als seltenes Exemplar aus einem fremden Biotop.

Nachdem ich eine Runde Pils und Korn bestellt hatte, boten sie mir sogar einen Platz in ihrer Mitte an und wollten genauer wissen, was ich suchte.

»Ich brauche Fotografien von besonders schönen Giftpilzexemplaren. Dabei fehlen mir noch Großaufnahmen von Knollenblätterpilzen. Von großen Fliegenpilzen habe ich schon genügend Aufnahmen machen können.«

Nach einer zweiten Pils-/Kornrunde nahmen sie sich schließlich meines Themas an und überlegten laut, wo sie zuletzt noch Pilze gesehen hatten. Ein knorriger, bärtiger Typ, der sich bisher sehr wortkarg verhalten hatte, ergriff plötzlich das Wort.

»Unter den Eichen auf dem Südhang hinter meinen Feldern wachsen immer reichlich Pilze. Obwohl ich in diesem Jahr noch nicht da oben war, bin ich sicher, dass es dort jetzt Pilze gibt. In den letzten Jahren waren auch immer Knollenblätterpilze dabei. Wenn Sie wollen, kommen Sie morgen früh um 7:00 Uhr auf meinen Hof, und ich nehme Sie auf dem Trecker mit, wenn ich auf's Feld fahre.«

Ich sah ihn erfreut an.

»Vielen Dank für Ihre Hilfsbereitschaft. Ihr Angebot nehme ich natürlich gerne an.«

Ehe ich mich mit einer weiteren Runde von dem Stammtisch verabschiedete, der sich wieder dem Dorfklatsch und kuriosen Jagdabenteuern zugewandt hatte, ließ ich mir noch kurz den Weg zum Hof meines Pilzscouts beschreiben.

So kam ich ziemlich betrunken zum Hotel zurück, während die trinkfeste Stammtischbelegschaft ihr gewohntes Trinkgelage fortsetzte.

Ich stellte noch meinen Wecker auf 6:00 Uhr und schlief sofort ein. Am nächsten Morgen hatte ich einen Kater mit stechenden Kopfschmerzen. Nach der Einnahme von Tabletten machte ich mich auf den Weg. Kurz vor 7:00 Uhr begrüßte der Bärtige mich am Trecker mit laufendem Motor. Auf meine fehlende Fotoausrüstung angesprochen, erklärte ich ihm, dass ich immer erst nachmittags fotografieren würde, um eine optimale Beleuchtung zu nutzen. Jetzt ginge es mir nur darum, den Fundort kennenzulernen.

Als er mir anbot, mich nach einer guten Stunde wieder mitzunehmen, sagte ich ihm, dass ich ganz gerne den Rückweg zu Fuß machen würde.

Ich bedankte mich für seine Hilfe und nahm Richtung auf den Eichenwald auf dem Südhang.

Schon von weitem sah ich, dass unter den Bäumen Pilze wuchsen. Als ich die Eichen erreichte, sah ich, dass er auch mit den Knollenblätterpilzen Recht behalten hatte. Neben etlichen anderen Arten fand ich auch Grüne Knollenblätterpilze in verschiedenen Wachstumsphasen.

Vorsichtshalber zog ich die mitgebrachten Latexhandschuhe an, bevor ich sie vorsichtig aus dem Boden drehte und in einen kleinen Nylonbeutel legte.

Zufrieden mit mir machte ich mich auf den Rückweg, bezahlte meine Hotelrechnung und fuhr umgehend nach Hause.

Zuhause schnitt ich die Pilze in kleine Stücke und presste sie mit einer Knoblauchpresse in ein Milchkännchen aus. Den Pilzsaft goss ich anschließend aus dem Kännchen in ein Arzneifläschchen, bei dem ich vorher den Tropfenstöpsel entfernt hatte. Danach warf ich die ausgepressten Pilzreste, die Knoblauchpresse, das Kännchen und die benutzten Latexhandschuhe in den Müll.

Somit konnte die Frage nach dem Wie bzw. Womit als endgültig beantwortet gelten. Zwar mochte die Methode so gar nicht heldenhaft, sondern ausgesprochen hinterhältig sein, aber sie war zweifellos extrem raffiniert. Der Gedanke, als Giftmischer und -mörder aktiv zu werden, gefiel mir zwar überhaupt nicht, die praktischen Gesichtspunkte überzeugten mich jedoch restlos. Das Böse bzw. den Drachen sozusagen als Ritter in glänzender Rüstung zu besiegen, hätte mir sicher besser gefallen. Aber nachdem ich mir so lange den Kopf vergeblich zermartert hatte, um eine optimale Lösung des Problems zu finden, liefen alle Argumente auf die Erkenntnis hinaus, dass in diesem Fall zweifellos der Zweck die Mittel heiligte. Die Methode war unbedingt erfolgsorientiert, praktikabel und todsicher.

Auch wenn der Entschluss zur Tat noch nicht endgültig gefasst war, drängte sich mir die Antwort auf die Frage nach dem Wo auch sofort auf. Ich brauchte bloß an der Tennisclubbar in seiner Nähe zu sitzen und den Zeitpunkt abzuwarten, dass er sein Glas mal alleine ließ, um das Gift hineinzuschütten. Da die Flüssigkeit farblos und – wie ich hoffte – auch geschmacklos war, würde er wohl den Giftcocktail ahnungslos schlucken.

Somit konnte die Planung der Tatausführung bis ins Detail als abgeschlossen gelten. Die Frage nach dem Wann verdrängte ich vorerst. Ich ging davon aus, dass ich noch Zeit hatte. Jedenfalls war ich vorbereitet, sofort zu handeln, wenn es erforderlich werden sollte.

Ein beunruhigender Zweifel blieb dennoch weiterhin: Ging es jetzt wirklich nur noch um die Frage nach dem Wann oder nicht immer noch wie ganz zu Anfang um die elementare Frage nach dem Ob überhaupt?

Kapitel 21

Die folgenden Wochen erschienen mir nicht nur wegen der Schönwetterperiode sorgenfrei und heiter. Mit Rosi und Anita machte ich am Wochenende Ausflüge ins Grüne und freute mich, mit ihnen zusammen zu sein. Gelegentlich fuhren wir auch zum Galopprennen, da sich sowohl Rosi als auch Anita für Pferde begeisterten. Zudem wurde immer ein attraktives Kinderprogramm geboten, wobei es Anita besonders das Ponyreiten angetan hatte.

Neben meiner sonstigen beruflichen Tätigkeit verlor ich auch den guten Robert nicht aus den Augen. So oft ich dazu Gelegenheit hatte, hörte ich sein Gespräch mit seiner Flamme ab.

Meine Beziehung zu Rosi veranlasste mich, mir Gedanken über mein Leben zu machen. So spielten bei meinen Zukunftsplänen zunächst Überlegungen hinsichtlich einer größeren Wohnung eine Rolle. Schließlich wünschte ich mir sehr, dass wir zusammen wohnen könnten.

An einem sonnigen Herbsttag wurde ich dann jäh aus meinen Familienträumen gerissen. Ich parkte wieder einmal vor dem Tennisclub, nachdem ich Robert und seiner Geliebten gefolgt war, als ich folgendes Gespräch der beiden mithörte.

»Am nächsten Wochenende ergibt sich die Gelegenheit zur Durchführung unseres Plans. Ich fliege Freitag zu einem Golfturnier nach Irland und meine Frau will am Samstag in unser Wochenendhaus fahren, um das schöne Herbstwochenende zu nutzen und dort spazieren zu gehen. Nach der Fahrt dorthin nimmt sie immer erst mal zur Entspannung ein Bad. Das ist unsere Chance.«

»Wie meinst Du das Robert?«

»Ich habe dabei einen todsicheren Plan. Pass gut auf, was ich Dir jetzt sage und merke Dir genau alle Einzelheiten. Zuerst werden wir am Donnerstag zusammen zu unserem Ferienhaus fahren, damit Du den Weg und die Lage des Hauses kennst. Am Freitag fährst Du dann mit Deinem Mini hin und stellst das Auto etwa 2 km entfernt an der Mündung eines Waldweges ab. Die Stelle zeige ich Dir noch. Dann gehst Du zu unserem Haus und schließt mit meinem Schlüssel auf und von innen wieder ab. Wichtig ist, dass Du schon vorher Gummihandschuhe anziehen und die ganze Zeit anbehalten musst, um keine Fingerabdrücke zu hinterlassen. Außerdem musst Du Deine Sportschuhe ausziehen und in eine Plastiktüte stecken, bevor Du das Haus betrittst. Der Waldweg zum Haus ist möglicherweise matschig und es darf keine Schuhabdrücke im Haus geben. Zuerst gehst Du einmal durch das ganze Haus und machst Dich mit der Raumaufteilung vertraut. Sieh Dir vor allem das Badezimmer genau an und vergewissere Dich, dass das Kabel des roten Föhns auf dem Bord über der Wanne mit der Steckdose verbunden ist. Dann gehst Du hoch in die erste Etage und schließt Dich in dem Zimmer mit dem Schild „Gäste" ein. Meine Frau betritt zwar das Zimmer nur, wenn wir einen Gast haben, aber sicher ist sicher. Dort kannst Du schlafen und musst nur Samstag aufpassen, wenn sie ankommt. Gibt ihr dann etwas Zeit zum Badewassereinlassen und warte ab, bis sie in der Wanne liegt. Danach sollte alles sehr schnell gehen. Du huschst in das Badezimmer, schnappst Dir den großen roten Föhn, drückst auf den Kippschalter und wirfst ihn ins Wasser. Darauf verlässt Du sofort das Haus und gehst durch den Wald zu Deinem Auto zurück. Am besten verbringst Du dann den restlichen Tag unter Leuten, die sich später gegebenenfalls auch an Dich erinnern können. Vielleicht fährst Du zum Beispiel ins Fantasialand und siehst Dir dort eine Show an.«

»Oh Gott, Robert, das kann ich nicht!«

»Aber wir waren uns doch einig, dass nur so für uns eine gemeinsame Zukunft möglich ist. Meine Frau will sich nicht scheiden lassen und wenn Du meine Frau werden willst, musst Du dafür auch etwas wagen. Man wird dies für einen typischen Unfall halten. Auf Dich wird kein Verdacht fallen, und ich habe ein wasserdichtes Alibi.«

Nach vielen Einwänden und geäußerten Bedenken, wurde ihre Weigerung immer schwächer. Schließlich ließ sie sich zur Tat überreden. Offensichtlich war sie im hörig und befürchtete, ihn sonst zu verlieren.

Erschrocken wurde mir bewusst, dass jetzt ohne wenn und aber der Zeitpunkt des Handelns, den ich gefürchtet hatte, gekommen war. Sie hatte also völlig zurecht Angst um ihr Leben gehabt. Wie sich herausgestellt hatte, war er nicht nur ein gemeiner Parasit, sondern schreckte nicht einmal vor einem Gattenmord zurück.

Mir war klar, dass ich in Aktion treten musste. Eine Einschaltung der Polizei schied von vorneherein aus. Prävention war nicht ihr Ding. Aber vor allem kam es jetzt darauf an, die Gefahr endgültig zu beseitigen. Wie konnte ich sie nur warnen, ohne damit unseren Pakt zu gefährden oder dessen Entdeckung befürchten zu müssen. Die normalen Kommunikationswege waren zu riskant und ließen sich später vielleicht zurückverfolgen.

Die naheliegende Lösung des Problems war, den mörderischen Robert zu eliminieren, bevor das Mordkomplott in die Tat umgesetzt werden konnte. Doch die Zeit war zu kurz – es war schließlich schon Anfang der Woche – und sodann bot sich mir in den folgenden Tagen keine Möglichkeit, ihm meinen Knollenblätterpilz-Cocktail zu verabreichen. Da ich ihn also nicht vorher stoppen konnte, musste ich unbedingt einen Weg finden, Konstanze möglichst unauffällig zu warnen.

Donnerstagabend erschien mir Rosi, die mitbekam, dass ich mit meinen Gedanken ganz woanders war, ziemlich besorgt.

»Was hast Du Julian? Fehlt Dir etwas? Du machst einen so nachdenklichen und betrübten Eindruck.«

»Nein, es ist alles in Ordnung. Ich bin nur ziemlich müde. Die letzten Tage waren etwas stressig. Aber Du brauchst Dir wirklich keine Sorgen zu machen.«

Je mehr ich darüber nachdachte, wie ich meine Mandantin informieren konnte, desto sinnvoller erschien mir die simpelste Lösung.

So machte ich mich am Samstag frühmorgens auf den Weg zum Ferienhaus der Weissenbergs. Nachdem ich meinen Wagen am Rand der Bundesstraße abgestellt hatte, marschierte ich zu dem Waldweg, der zum Haus führte. Etwa auf der Hälfte der Wegstrecke wartete ich am Waldrand unter Bäumen auf Konstanze. Meine Geduld wurde auf eine harte Probe gestellt. Aber schließlich war das Wichtigste, dass ich eher dort sein musste, als sie.

Nach zwei Stunden hörte ich ein Auto näherkommen und trat auf den Waldweg, nachdem ich Konstanzes silbergraues Mercedes-Coupé erkannt hatte.

Ich winkte mit beiden Armen und sie hielt 10 m vor mir an. Als sie ausstieg, hielten sich bei ihr Überraschung und Zorn in etwa die Waage.

»Verdammt noch mal, was haben Sie hier zu suchen? Ich denke, wir haben klar vereinbart, dass es keine Kontaktaufnahme mehr geben darf. Haben Sie völlig den Verstand verloren, mir hier aufzulauern!«

»Es tut mir leid, aber wir haben jetzt keine Zeit zu langen Erklärungen. Vertrauen Sie mir bitte und tun genau das, was ich Ihnen sage. Fahren Sie auf der Stelle zurück nach Hause und bleiben Sie da. Wie ich noch rechtzeitig erfahren habe, ist in Ihrem Wochenendhaus ein Mordanschlag auf Sie geplant. Glauben Sie mir, es geht um Ihr Leben. Ich erspare mir jetzt weitere Details, die Sie im Moment weder wissen müssen noch wissen wollen. Ich hatte keine andere Möglichkeit, Sie unauffällig zu warnen.«

Sie sah mich zu Tode erschrocken an.

»Wenn es Ihre Absicht war, mir einen tödlichen Schrecken einzujagen, muss ich sagen, dass Ihnen das perfekt gelungen ist.«

»Bitte hören Sie mir gut zu! Bleiben Sie die nächsten zehn Tage unbedingt Zuhause und unternehmen Sie nichts allein. Am besten lassen Sie sich von einer Freundin Gesellschaft leisten. Gehen Sie Ihrem Mann möglichst aus dem Weg und vermeiden Sie es, mit ihm allein zu sein. Aber Sie brauchen keine Angst zu haben, ich bin sicher, dass Sie dann nichts zu befürchten haben.«

Wortlos und mit offensichtlich weichen Knien stieg sie wieder in ihr Auto, wendete und fuhr wieder zurück.

Kapitel 22

Die Nachmittage der neuen Woche verbrachte ich weitestgehend wieder in Roberts Tennisclub. Das konnte ich ohne besondere Aufmerksamkeit zu erregen. Durch meine in letzter Zeit häufigen Besuche – natürlich oft auch mit Rosi zusammen – gingen alle davon aus, dass ich wohl zumindest passives Clubmitglied war.

Dann ergab es sich wieder einmal, dass ich eine Unterhaltung zwischen Robert und seiner Komplizin mithören konnte. Dabei merkte ich, dass der samstägliche Fehlschlag bereits Gesprächsthema der beiden gewesen war. Allerdings beschäftigte sie immer noch die Frage nach dem Grund für Konstanzes Fernbleiben.

»Wieso, Robert, ist sie eigentlich am Samstag nicht gekommen?«

»Sie hat mir erzählt, eine Freundin hätte plötzlich ins Krankenhaus gemusst und sie habe sie am Samstag besucht. Nachfragen wollte ich selbstverständlich nicht weiter. – Ich bin sicher, dass wir bald eine weitere Chance bekommen.«

Auch ich hätte dringend eine gute Chance gebraucht, aber so oft ich an den kommenden Tagen an der Clubbar saß, irgendetwas passte immer nicht. Wenn Robert etwas an der Bar trank, saßen dort zu viele Gäste oder Robert blieb solange dort sitzen, bis er sein Glas geleert hatte. Ich fand einfach keine Gelegenheit, seinen Drink zu vergiften.

So verging die Woche und Samstagnachmittag saß ich wieder nur vier Barhocker von ihm entfernt. Nach seinem Tennismatch hatte er wie gewöhnlich zuerst eine große Apfelschorle getrunken und sich danach einen Gin-Tonic bestellt. Als sich sein neben ihm sitzender Tennispartner verabschiedete, stand er auch auf und ging in Richtung der Toilette.

Völlig unerwartet kam meine Chance. Mit aufgeregten Stimmen trugen drei Tennis-

spieler einen älteren Mitspieler ins Clubhaus, der offensichtlich bewusstlos war, und
legten in vorsichtig in stabiler Seitenlage zu
Boden. Einer schilderte den Umstehenden,
dass er plötzlich auf dem Tennisplatz zu-
sammengebrochen sei. Sie befürchteten,
dass er einen Herzinfarkt erlitten haben
könnte und hätten sofort telefonisch den
Rettungswagen angefordert. Allseits
herrschte große Aufregung, und während
einige Clubmitglieder noch über Wiederbe-
lebungsmaßnahmen diskutierten, hörte man
schon das Martinshorn des Notarztwagen.

Bereits unmittelbar nachdem seine Mitspieler den kollabierten Senior aufgeregt debat-
tierend über die Schwelle zum Clubhaus ge-
tragen hatten, reagierte ich, zog das Arzneifläschchen aus meiner Hosentasche und
schraubte den Drehverschluss ab.

Da alle Anwesenden durch den Vorfall ab-
gelenkt wurden und ihre Aufmerksamkeit
sich ausschließlich auf die tragische Szene
richtete, konnte ich unbemerkt gut die Hälf-

te des Fläschcheninhaltes in sein Glas kippen. Dass ich dabei aufstehen musste, um an seinen Platz zu gelangen, fiel nicht weiter auf, weil sich alle dem Verunglückten zugewandt und die Gruppe um ihn umringt hatten. So blieb Zeit genug, den Schraubverschluss wieder aufzuschrauben und das Fläschchen einzustecken.

Als sich dann Notarzt und Sanitäter um den Patienten bemühten und ihn auf einer Bahre abtransportierten, kam Robert aus der Toilette. Meine Bedenken, dass sich die giftige Flüssigkeit vielleicht nicht unauffällig mit dem übrigen Inhalt des Glases vermischt hatte, wurden sofort zerstreut, denn bevor Robert trank, schüttelte er das Glas, um die restlichen Eisstücke aufzulösen.

Ich setzte mich wieder und bestellt mir noch ein Pils, während um mich herum noch intensiv über den Notfall diskutiert wurde.

Als Robert nach einer Viertelstunde aufbrach, wartete ich noch ein paar Minuten, bevor ich mein Glas austrank. Dann stand ich auf und ging dicht an seinem Barhocker vorbei und zog umständlich meine Lederjacke wieder an, die ich neben mir auf einem freien Barhocker abgelegt hatte. Dabei wischte ich mit dem Ärmel Roberts leeres Glas von der Theke, dass auf dem Boden zersplitterte. Ich zeigte mich erschrocken und fragte den Wirt schuldbewusst nach Kehrblech und Besen. Dieser winkte sofort lässig ab.

»Lassen Sie nur, kein Problem, ich mach das gleich schon.«

Ich bedankte mich und ging hinaus. Zuvor hatte ich nämlich darüber nachgedacht, ob die giftigen Rückstände im Glas bei nachlässigem Spülen nicht eventuell noch gefährlich werden konnten. Schließlich war ich unsicher, wie stark der flüssige Giftextrakt wirken würde. Keinesfalls sollte noch jemand anderes zu Schaden kommen. An die Vernichtung des corpus delicti dachte ich in diesem Moment eigentlich weniger.

Kapitel 23

Wider Erwarten hielten sich meine Gewissensbisse danach in Grenzen und ich verspürte sogar eine gewisse Erleichterung. Ich versuchte mir einzureden, dass das, was ich getan hatte, schließlich getan werden musste, um Konstanzes Leben zu retten. Und das Leben war letztlich zu kurz, um es sich nachhaltig mit Gewissensbissen zu ruinieren.

So kehrte ich zu meinem business like usual zurück und konzentrierte mich privat voll auf meine beiden Engel.

Allerdings hätte ich lügen müssen, um zu behaupten, dass ich nicht auf den Ausgang meines Giftanschlages höchst gespannt gewesen wäre.

Ich hatte es lange Zeit für kaum mehr möglich gehalten, dass mein Auftrag, der sich geradezu als mission impossible erwiesen hatte, am Ende doch noch erfolgreich erledigt werden konnte.

Etwa drei Wochen nach meinem Attentat schlug ich wie jeden Morgen die Tageszeitung auf und las zum Schluss wie immer aufmerksam alle aktuellen Todesanzeigen. Dabei fiel mein Blick sofort auf eine großformatige Traueranzeige, die es in sich hatte.

Die Formulierung der Anzeige nötigte mir uneingeschränkte Bewunderung ab. Der Text lautete:

Robert Weissenberg
*02.04.1979 †30.09.2018

Plötzlich und unerwartet ist mein Ehemann nach kurzer schwerer Krankheit verstorben. Bevor er noch seinen Lebenstraum in die Tat umsetzen konnte, machte der Tod all seine Pläne zunichte.

In festem Vertrauen darauf, dass er den Platz in der Ewigkeit finden wird, den er verdient hat, nehme ich Abschied.

Konstanze Weissenberg

Die Beisetzung fand im engsten Familien-und Freundeskreis statt.

Donnerwetter! Sarkastischer und treffender ließ sich Roberts Ableben wohl kaum kommentieren. Pointierter konnte man das Scheitern seiner Mordpläne und sein hochverdientes VIP-Ticket für die Höllenfahrt nicht ausdrücken.

Unseren Vertrag erfüllte sie selbstverständlich – wie ich es auch nicht anders erwartet hatte – korrekt und pünktlich.

Im Besitz des Schließfachschlüssels war ich nunmehr ein Mann, der sein Leben nach seinen Wünschen gestalten konnte.

Allerdings mochte ich meine Detektei nicht aufgeben. Ich stellte zwei Mitarbeiter ein und konnte auch unser Auftragsvolumen entsprechend erweitern. Mit meinen Angestellten konnte ich zwei ausgesprochene Spezialisten gewinnen. Ein früh pensionierter ehemaliger Polizeikommissar und ein Hochschulabsolvent, der als Informatiker die Tricks des Internet beherrschte, arbeiteten äußerst ambitioniert und zuverlässig.

Die Routineaufträge sowie die zeitaufwendigen und oft mit Reisen verbundenen Observierungen überließ ich ihnen. Aufgrund meiner Erfahrung stand ich ihnen mit Ratschlägen zur Seite und kümmerte mich vorwiegend um problematischere Aufträge.

Die beiden stellten ein erfolgreiches Team dar und verstanden sich trotz eines großen Altersunterschieds sehr gut.

Infolge der Personalkosten war zwar mit der Agentur nicht besonders viel zu verdienen, aber ich war froh, weiter einer Beschäftigung nachgehen zu können, die mich zufriedenstellte.

Für uns drei hatte ich eine große Eigentumswohnung gekauft und vier Monate nach unserer Heirat wurde Rosi schwanger und brachte dann unseren Sohn Anton zur Welt, den Anita sofort begeistert bemutterte. Die Liebe meiner Familie machte mein Leben so glücklich wie ich es nie erwartet hätte.

Epilog

Drei Jahre waren vergangen, als ich unversehens mit meiner Vergangenheit konfrontiert wurde. Eines Morgens fand ich in der Post einen an mich handschriftlich adressierten Brief ohne Absenderangabe.

Neugierig öffnete ich ihn sofort und las ihn mit von Zeile zu Zeile wachsender Betroffenheit.

„Lieber Julian, ich hoffe, es geht Ihnen so gut wie mir. Ich hatte das dringende Bedürfnis, Ihnen noch einmal für alles, was Sie für mich getan haben, zu danken. Ich bin heute noch froh, dass meine Wahl damals auf Sie gefallen ist. Nur Ihre professionelle Cleverness – davon bin ich überzeugt – hat mir seinerzeit das Leben gerettet. Auch wenn Sie nicht für den Tod meines Mannes verantwortlich sind, haben sie Ihr Honorar schon deshalb wirklich verdient. Robert ist übrigens vierzehn Tage nach unserer letzten Begegnung erkrankt und mit starken Schmerzen in eine Klinik überwiesen worden, wo er dann auch kurz darauf gestorben ist. Die Ärzte meinten, dass sein Leberversagen wahrscheinlich auf eine seltene Virusinfektion zurückzuführen sei. Auf eine genauere Diagnose wollten sie sich allerdings nicht festlegen. Nachträglich bin ich sehr erleichtert, dass Ihnen somit die Benutzung einer Schusswaffe erspart geblieben ist. Oder hatten Sie etwas anderes geplant? Aber wer konnte damals schon ahnen, dass mein Mann eines natürlichen Todes sterben würde, falls man eine Erkrankung als natürliche Ursache akzeptiert. Ich bin übrigens wieder verheiratet und diesmal rundum glücklich.

Mit allen guten Wünschen

Ihre Konstanze W."

Umgehend verbrannte ich den Brief, einge-
denk der Mutter der Porzellankiste und
eventuell schlafender Hunde.

Für den Klappentext:

Ein Kriminalroman jenseits genreüblicher Klischees. Kein Dutzend grässlich zugerichteter Mordopfer und kein von sozialen Beziehungskonflikten geplagter Kommissar.

Ein „Held", mit dessen facettenreichem Psychogramm sich zu identifizieren, der Leser in Versuchung gerät.

Kurz gesagt: Ein richtiger Krimi für Männer und vor allem einer für Frauen.

Eine Story, die Hitchcock bestimmt interessiert hätte, spannend und überraschend, jedoch ohne logische Kurzschlüsse.

Bis zur letzten Seite wird der Leser mit dem Unerwarteten konfrontiert.

Kapitel für Kapitel sind kurzweiliges Lesevergnügen und spannende Unterhaltung vor dem abendlichen Einschlafen garantiert.

MIX

Papier | Fördert
gute Waldnutzung

FSC® C083411

Zeitfracht Medien GmbH
Ferdinand-Jühlke-Straße 7
99095 Erfurt, Deutschland
produktsicherheit@kolibri360.de